KB104514

PAIN BARCELONA SPAIN ROME ITALY
KONG FUKUOKA JAPAN PRAGUE CZECH
LICOKINAWA JAPAN CARTAGENA SPA
E TAIPEI TAIWAN SINGAPORE JEJU R
N SINGAPORE ROME ITALY MELBOURNE
OM HONG KONG MOSCOW RUSSIA HON
OF KOREA LIVORNO ITALY MARSEILLE
TAIWAN CARTAGENA SPAIN MELBOUR
IN PRAGUE CZECH REPUBLIC TAIPEI T.
ICE GIBRALTAR UNITED KINGDOM FUKU
SIA JEJU REPUBLIC OF KOREA OKIN.
A JAPAN MARSEILLE FRANCE HONG R
RUSSIA MELBOURNE AUSTRALIA LIVO.
SPAIN BARCELONA SPAIN ROME ITALY
G KONG FUKUOKA JAPAN PRAGUE CZEC.
GDOM OKINAWA JAPAN CARTAGENA SY
AIN TAIPEI TAIWAN SINGAPORE ROME
A SINGAPORE ROME ITALY JEJU REPUI
LY HONG KONG MOSCOW RUSSIA OKIN
A SPAIN LIVORNO ITALY MARSEILLE

어쩌면
___할 지도

사진·글
김성주

멜
카북스

이야기를
시작하며

오월 어느 날, 지중해 어딘가에서 보냅니다.

저는 지금 여행 중입니다. 정확히 어디쯤인지 알 수 없는, 유럽과 아프리카 대륙 사이의 바다 위를 항해하고 있습니다. 잠시나마 어느 땅에도 속해 있지 않다고 생각하니 새삼 놀랍습니다. 무언가를 시작하기에 제격인 아침입니다.

오늘은 특별한 날입니다. 어제저녁 지중해와 대서양의 경계인 지브롤터Gibraltar 항을 출발한 배가 내일 아침 새로운 항구에 도착할 때까지 꼬박 하루를 바다 위에서 보내야 하거든요. 덕분에 점심시간이 다 되도록 객실에 딸린 작은 발코니에 앉아 파도 소리를 듣고 있습니다. 두세 사람 겨우 설 수 있는 작은 크기에 바다와 항구의 풍경을 오롯이 마주할 수 있는 이 공간에서 매일 파도 소리를 배경 삼아 여정을 기록하는 것이 어느새 하루 중 가장 중요한 일과가 됐습니다. 지난 며칠간 제게 여기서 듣는 파도 소리만한 음악은 없었던 것 같아요.

지금부터 시작하는 이야기는 겁도 호기심도 많은 한 사내가 지난 이 년간 낯선 도시들에 자신을 던지고 받기를 반복하며 얻은 조각들을 한데 모은 것입니다. 어디쯤 있는지, 얼마나 왔는지 알 수 없고 누구도 알려 주지 않는 생의 어느 지점에서 크고 작은 파도에 휘청이며 남긴 기록들입니다.

여행하는 동안 순간순간 펼쳐지는 찰나가, 낯선 도시에 쌓인 영겁이 끊임없이 말을 걸어왔습니다. 연인의 실루엣과 아이의 미소, 노부부의 꼭 잡은 손을 빌려 물었습니다. 행복의 조건과 잊고 있던 꿈, 사랑했던 이의 이름에 대해. 다음, 또 그다음 도시로 이어진 질문들에 답을 하며 알게 된 것은 그 어떤 대륙과 바다도 한 사람의 인생만큼 넓을 수 없다는 사실입니다. 어쩌면 산다는 건 각자의 세상을 여행하는 것인지도 모르겠어요. 세계일주(世界一周) 아닌 생애일주(生涯一周)를 말이죠.

여행하며 제가 사랑에 빠졌던 도시들의 이름에 그곳에서의 울림을 붙여 이야기로 엮었습니다. 그것을 섬과 대륙, 바다 그리고 산맥으로 그려 저만의 세계 지도를 만들어 보았습니다. 그동안 발견한 제 생의 일부인 셈입니다. 나머지는 앞으로의 여정을 통해 밝혀 나가야겠죠.

여행기는 아니지만 여행의 이야기입니다. 배경은 여럿이면서 동시에 하나입니다. 그러니 바라건대 함께 여행하듯 읽히면 좋겠습니다. 사람마다 사랑하는 여행지가 다른 것처럼 읽는 이마다, 열어 보는 시기마다 다른 문장으로 기억되면 더 좋겠습니다. 책을 덮었을 때 어디론가 떠나고 싶어진다면 가장 좋겠습니다.

항해는 이제 막 중반을 지났습니다. 우리의 긴 여정도 그쯤 와 있을까요?

김성주 드림.

미안하게도 나는 너무 쉽게
오늘 하루를 얻었어요

◇◇◇◇◇◇◇◇◇◇◇◇◇◇◇◇◇◇◇◇◇◇◇◇◇◇◇◇

지중해 어딘가

눈을 뜬 후에도 세상은 좀처럼 밝아지지 않았다. 한동안은 착시인 것
만 같아 연신 눈꺼풀을 닫았다 열어 보았지만 암흑은 그대로였다. 침대
옆 탁자에 올려놓은 싸구려 기계식 시계의 찌그덕 소리만이 꿈이 아니
라는 것을 알려줄 뿐이었다. 몇 차례 더 빛 탐색에 실패한 뒤 나는 눈을
감고 끊임없이 몸 전체에 전해지는 움직임에 집중하기로 했다. 앞뒤로
리드미컬하게 반복되는 진자 운동의 에너지가 머리와 발끝에 번갈아
머물렀고 귓가에는 얕은 파도가 배에 부딪치며 내는 마찰음이 닿았다
곧 멀어지기를 반복했다.

'요람 속 아이가 이런 기분일까.'

새벽보다 먼저 일어나 하루를 맞으려던 생각도 잠시, 나른하고 야릇한
기분에 사로잡혀 다시 잠이 들었다.

다시 눈을 떴을 때, 시야는 이전보다 확연히 밝아 있었다. 왼쪽 새끼발
가락 너머 한 줌 빛을 발견한 나는 반사적으로 몸을 일으켜 침대에 걸
터앉았다. 담요처럼 두꺼운 암막커튼 끝자락의 좁은 틈으로 스며든 빛

이 푸름과 붉음 섞인 오묘한 색으로 이제 막 바닥 카펫에 스며들고 있었다. 눈을 꼭 감았다 떠 보았지만 꿈도, 착시도 아니었다. 오히려 그 사이 방 안이 조금 더 환해진 것 같았다. 미처 가시지 않은 어둠 속을 더듬어 빛이 있는 곳으로 다가가는 동안 파도 때문인지, 잠이 덜 깬 탓인지 몇 번이나 휘청거려야 했다. 가까스로 커튼을 움켜쥔 손에 잔뜩 힘이 들어갔다. 조심스레 커튼을 걷을 땐 나도 모르게 '후우' 하고 긴 숨을 내쉬었다.

암막이 걷히기만을 기다린 새벽빛이 벽과 커튼 틈새로 와락 쏟아졌다. 삽시간에 미색 벽지와 벽걸이 텔레비전의 귀퉁이를 물들이더니 이내 내 뺨까지 튀었다. 강한 빛에 놀란 나는 질끈 감았던 눈을 뜨고 나서야 문턱 너머로 발을 내디딜 수 있었다.

객실과 연결된 작은 발코니를 중심으로 바다 위에서 맞는 첫 번째 아침이 이제 막 시작되려던 차였다. 손에 쥔 시계를 보니 여섯 시 사십사 분. 새벽 공기가 제법 차가웠지만 그보단 온몸을 흠뻑 적신 오묘한 빛의 축축함을 느끼는 데 여념이 없었다.

황홀하리만치 붉은 여명은 곧게 뻗은 수평선 주위를 시작으로 검푸른 단잠에 빠져 있는 고요한 바다와 하늘 위에 천천히 퍼져 나갔다. 대륙과 섬 대신 떠 있는 구름의 실루엣은 춤을 추듯 시시각각 변했다. 한참 동안 나는 벅차오른 숨을 몰아쉬며 빛과 소리로 연주된 아침의 노래를 감상했다. 얼마 지나지 않아 눈앞의 세상이 온통 붉게 물들었다.

아침이 절정에 다다른 것을 확인한 후에야 나는 발코니에 있는 작은 원형 탁자에 카메라를 내려놓고 난간에 기대 남은 여운을 즐겼다. 밤 사이 차갑게 식은 철제 난간의 온도가 기분 좋은 자극을 선사했다.

몇 시쯤 됐을까. 어디쯤에 떠 있는 걸까.

땅이라곤 보이지 않는 망망대해에서 잠시 이런저런 의문을 가져 보았다가 곧 알 수도, 알 필요도 없다며 고개를 저었다. 그보다는 지금 내 앞에 펼쳐진 이 특별한 하루의 시작을 좀 더 만끽하는 게 좋겠다는 결론이었다. 재촉하거나 미루려 해 봐도 늘 정해진 시간에 찾아오는 아침은 내 삶에 가장 흔하게 주어지는 것 중 하나였다. 하지만 그날은 하루가 시작되는 것이 새삼 기적처럼 느껴졌다. 낯선 공간이 주는 긴장감, 항해의 첫날이라는 설렘 때문만은 아니었다. 사실 발코니에 들어선 직후부터 좀처럼 가시지 않는 것이 있었으니, 어제 마주친 어느 남자에 대한 그리움이었다. 분명 그도 이 배 어딘가에서 함께 이 장면을 보고 있을 것이다.

'이 배가 물에 뜨긴 하는 거지?'

바로 전날의 일이었다. 트렁크를 끌고 택시에서 승선장으로 향하는 내내 나는 그간 알지 못했던 또 다른 세상에 눈을 떼지 못했다. 바르셀로나Barcelona 항에 정박해 있는 길이 약 삼백삼십 미터, 무게 약 십사만천 톤 그리고 총 19층 높이의 거대한 선박은 차라리 거대한 건축물에 가까웠다. 미동도 없는 거대한 배가 삼천오백 명의 사람을 싣고 앞으로 일주일간 도시와 도시 사이를 건넌단다. 나도 이제 막 그들 중 한 명이 되려는 참이었다.

입국 심사 못지않은 승선 수속을 마친 뒤 선박 내 엘리베이터를 타고 5층에 내리자 조금 전의 의심과 호기심은 탄성과 환호로 바뀌었다. 5층 바닥부터 7층 천장까지 3층 규모의 중앙홀은 고급스러운 인테리어와 노란 조명으로 웬만한 고급 호텔 로비보다 더 화려했고 그 주변으로 각 층마다 카페와 펍, 상점들이 즐비했다. 14층에 있는 객실을 찾아가는 동안에는 몇 번이나 길을 잃고 헤맸는지.

절정은 갑판 위에 올랐을 때였다. 바다가 보이는 수영장과 선베드, 영화가 재생 중인 대형 스크린을 보고는 일곱 살 아이처럼 신이 나서 텅 빈 갑판 위를 뛰어다녔다. 매일 여기서 지중해 풍경을 보겠다는 다짐을 하면서. 바다가 보이는 5층 레스토랑에서 손바닥 두 개만 한 소고기 스테이크를 썰고 있으니 아직 시작도 하지 않은 일주일간의 항해가 벌써부터 아쉬워지기 시작했다.

저녁 일곱 시, 커다란 뱃고동 소리와 함께 배가 바르셀로나 항을 떠났다. 첫 번째 기항지는 카르타헤나Cartagena, 밤새 바다를 건너 아침에 도착할 예정이다. 출항과 동시에 5층 중앙홀에서는 일주일간 항해를 함께할 승객들을 환영하는 파티가 열렸다. 스포트라이트로 빛나는 무대 중앙에서 현악 사중주가 연주되기 시작하자 여행 첫날의 설렘을 품은 사람들이 하나둘 모였다. 5층 홀에 놓인 테이블은 물론 6층과 7층 난간과 나선형 계단 위가 여행자들로 빼곡히 찼다.

뒤이어 본격적인 파티의 시작을 알리는 밴드의 흥겨운 연주가 파티 분위기를 고조시켰다. 홀 주변에 모인 사람들은 함께 박수를 치며 즐거워했고, 그중 몇몇은 흥을 주체하지 못하고 홀 중앙에 나와 춤을 췄다. 대부분 인생의 황혼기에 접어든 승객들의 표정에는 하나같이 여유와 품격이 넘쳐서 그들을 보는 것만으로도 무척이나 근사한 파티였다. 난생처음 겪는 호화로운 분위기가 어색했던 나도 조금씩 어깨를 들썩이며 항해의 초야를 즐겼다.

하지만 얼마 지나지 않아 나는 6층 면세점 코너 쪽에 있는 작은 문을 열고 갑판으로 나가야 했다. 유난히 소리에 민감한 왼쪽 귀가 또 말썽을 부린 탓이다. 참아 보려 했지만 이어지는 두통까지 견디긴 무리였다. 문을 닫으니 이제 막 무르익기 시작한 파티는 유리벽 너머 이야기가 되었다. 언젠가 록 페스티벌이 한창인 공원에서 홀로 귀를 틀어막고 있던 기억이 떠올라 한숨이 나왔다.

다행히도 갑판 너머 펼쳐진 지중해의 석양이 큰 위로가 됐다. 배가 잔잔한 바다를 가르며 내는 백색소음 덕에 곧 두통이 사라지고 귀도 편해졌다. 추위를 타지 않는 내게 오월 밤바람은 선선하고 상쾌했다. 수평선 주변으로 손가락 한 마디만큼의 빛만 남은 밤하늘마저 도망 나온 내 부끄러움을 슬그머니 가려 주는 것 같아 고마웠다. 그리고 하나 더, 나보다 먼저 갑판에 나와 서 있는 남자의 존재가 내게 안정감을 줬다. 만약 그곳에 나뿐이었다면 혹시 금지 구역에 온 건 아닌지 눈치가 보였을 테니까.

풍경이 암흑 속에 완전히 잠긴 후에도 바다에서 눈을 떼지 못하는 그를 방해하고 싶지 않았지만 그렇다고 당장 배 안, 그리고 소음 속으로 돌아갈 엄두가 나지도 않았다. 나는 남자가 서 있는 곳과 몇 발짝 떨어진 왼쪽 난간 끝에 기대 검게 변한 바다를 보다가, 목에 건 카메라로 별 의미 없는 까만 풍경을 몇 장 찍었다. 되도록 조용히. 몇 번 곁눈질로 그를 살폈는데 다행히 이쪽을 의식하지 않는 눈치였다. 큰 키에 마른 체격, 푹 꺼진 볼과 높은 코의 대비가 예민한 인상을 풍기는 남자는 밤바람에 어울리지 않는 얇은 베이지색 점퍼 차림으로 미동 없이 바다를 바라보고 있었다. 중간 길이의 흰색 머리칼이 흩날리는 것이 유일한 움직임처럼 느껴졌다. 그가 몸을 돌려 말을 걸어온 것은 한참 후의 일이었다.

"정말 근사한 배야. 그렇지 않소? 분명 멋진 여행이 될 거야."

독일에서 왔다는 남자는 내게 출신 도시와 배의 첫인상 등을 물었다. 첫인상과 달리 따뜻하고 부드러운 목소리의 소유자였다.

"어디서 왔는지 물어봐도 되겠소? 이 배에 아시아인은 흔치 않아서 말이지. 더군다나 자네처럼 젊은 사람이라면."
"안 그래도 종일 시선이 따가웠어요. 반갑습니다, 서울에서 왔어요."
"서울이면 이미 먼 길을 왔군. 연인은 안에 있는 건가? 파티가 한창인데 왜 함께 즐기지 않고."
"그러고 싶지만 사정이 있어서요."

소란스러운 곳에 있을 때면 어김없이 나를 괴롭히는 귓가의 파열음을 설명하자 그의 미간이 미세하게 일그러졌다.

"그런 사정이 있었다니. 사실 나도 파티가 영 편치 않아서 말이지. 그건 그렇고, 이 배 정말 멋지지 않은가?"
"동의합니다. 완전히."

그렇게 몇 마디 대화를 더 나눈 뒤, 그의 일행을 묻는 내 말에 그는 담담한 표정으로 자신의 이야기를 털어놓았다.

"나는 혼자 승선했다네. 일주일 동안 홀로 여행할 예정이야."

그는 지난해 말 이 배의 객실을 예약했다고 했다. 오십여 년의 시간을 함께 걸어온 그와 그의 부인에게 주는 선물이자, 어쩌면 마지막이 될지 모르는 여행으로. 정확한 때는 기억하지 못하지만 오래전 그녀가 지중해 크루즈 여행을 하고 싶다고 말했었다며 그는 잠시 추억에 잠겼다. 잊지 않고 약속을 지킨 그 마음의 깊이에 탄복했던 것일까. 나도 모르게 고개가 끄덕여졌다.

하지만 당시에도 건강이 좋지 못했던 그녀는 결국 몇 달 뒤 세상을 떠났다고 한다. 문득 이번 항해가 올해 첫 항해 일정이라는 사실이 떠올라 마음 한구석이 저릿했다. 미리 마음의 준비를 했음에도 그녀를 떠나보내는 것은 그와 가족에게 쉽지 않은 일이었단다. 나는 어쭙잖은 위로를 건네려다 입을 꾹 다물었다. 하지만 이어진 그의 말에 결국 빗장이 풀려 버렸다.

"이 배의 승선일이 다가오는 것도 까맣게 잊었지 뭐야."
"그럴 수밖에요."

자녀들은 홀로 배에 오르겠다는 그를 극구 만류했단다. 하지만 그에게는 꺾이지 않는 의지가 있었다. 나와 함께 서 있는 이 갑판과 암흑을 채우는 파도 소리, 그의 음성이 그것을 증명하고 있었다.

"그녀와 함께 그린 그림을 완성하는 것이 내게 남겨진 일이라는 생각이 들었네."

어려운 결정이었을 것이다. 실제로 그는 쉽지 않았다고 말했다. 당장 오늘 밤도 화려한 웰컴 파티 분위기에 낄 자신이 없어 결국 이 갑판 위로 도망쳐 나왔다며 그는 멋쩍게 웃었다.

"우리 둘 다 이 항해의 일원이니 다시 마주칠 때가 있겠지만 미리 인사를 해 두는 것도 나쁘지 않겠지. 이 여행이 자네에게 잊지 못할 순간들로 채워지길 바라네."

아직 혼자 머물 객실이 익숙지 않아 배 안을 좀 더 둘러보고 간다고 말한 뒤 그는 내게 손을 내밀었다. 얼굴에 분명 옅은 미소를 머금고 있었지만 나는 따라 웃을 수가 없어 그의 손만 힘껏 쥐었다. 그가 문을 열고 배 안으로 들어간 후에도 나는 그 자리에 한참 동안 서 있었다. 몸을 돌려 바다를 볼 수도, 배 안으로 들어갈 수도 없었다.

그는 지중해 한복판, 어느 대륙에도 속하지 않는 바다 위에서 맞는 이 특별한 새벽과 여명을 분명 놓치지 않고 이 배 어디에선가 보았을 것이다. 아니 어쩌면 밤잠 이루지 못하고 기다렸을지도 모르겠다. 지난밤 그의 미소에서 내가 느낀 감정이 틀리지 않았다면 말이다. 그리고 이 순간 그의 머릿속엔 오직 한 사람만이 있을 것이다. 그녀와 함께 그려 온 그림을 홀로 마무리하기 위해 배에 오른 그에게 이번 항해의 진짜 배경은 두 사람이 함께 품었던 세상일 테니. 오늘 아침, 함께 오지 못한 부

인에게 남자가 전했을 말을 짐작해 보았지만 곧 그 깊이를 가늠이나 할
수 있을 리 만무하다는 걸 깨달았다. 대신 수평선 위로 완전히 떠오른
아침에게 기도했다. 그가 어제보다 조금 더 밝은 미소를 짓고 있기를.

한 번을 산다는 것은 하루를 산다는 것과 같은 의미가 아닐까. 생을 굳
이 수많은 하루들의 집합이라 풀어 말하지 않아도, 그의 한마디에서
나는 일생(一生) 못지않은 일생(日生)의 무게를 보았다. 그것이 배 위에
서 맞은 아침을, 그리고 다가오는 하루를 빛나게 했다.
어느새 세상을 덮었던 붉은 여명이 걷히고 아침은 푸른빛만이 남았다.
어쩌면 그와 그녀가 가장 열망했던 아침이 아무렇지 않게 흘러가는 동
안 배는 아랑곳하지 않고 수평선 너머의 미지로 향하고 있다. 새로운
하루, 항해, 그리고 여행의 시작이다.

어쩌면 지금

할 지도 모를 당신에게

CARTAGENA SPAIN
PRAGUE CZECH REPUBLIC
LIVORNO ITALY
MOSCOW RUSSIA

1장

어쩌면
나는 아직 그곳에 머물러
있는지도

우리는 한 곡 춤을 위해
태어났는지도 몰라

∾∾∾∾∾∾∾∾∾∾∾∾∾∾∾∾∾∾∾∾∾∾∾

카르타헤나, 스페인

○ 두 사람은 마치 이 한 곡을 위해 태어났다는 듯 열정적으로 춤을 췄어. 그들로 인해 항구 앞 작은 광장은 이 세상에서 가장 멋진 무대가 됐지. 하루를, 여행을, 혹 내 삶을 통째로 바꿀 만한 장면을 만날 때마다 생각해. 떠나왔기에 허락된 특권이 아닐까, 하고.

같은 이름을 가진 친구가 있으세요?

포털 사이트에 제 이름을 검색하니 저와 같은 이름을 가진 사람이 열일곱 명이나 있더라고요. 그중엔 매일같이 TV에서 볼 수 있는 유명 연예인, 성공한 사업가도 있습니다. 국민학교 2학년 때 저와 이름이 같은 친구와 한 반이 된 적이 있었어요. 다행히 저는 김 씨, 친구는 이 씨로 성이 달랐지만 선생님께서 이름을 부를 때마다 반 전체가 술렁거렸었죠. 이만큼 흔한 이름을 갖고 있지만 가끔 같은 이름을 쓰는 사람을 만나게 되면 이상한 기분에 사로잡히곤 해요. 잃어버렸던 형제 혹은 도플갱어를 만난 것 같은 대단한 기분까지는 아니더라도, 단지 이름 석 자 같은 것만으로도 그와 나 사이에 아주 가느다란 실 하나 정도는 늘어져 있는 느낌이랄까요. 일단 상대를 부를 때부터 꼭 나를 부르는 것 같아 이상해지잖아요.

"반갑습니다, 성주 씨."

동명이인과 함께할 때 저는 이름 외의 공통점을 찾기 위해 평소보다 좀 더 대화에 집중하게 돼요. 식성이나 음악 취향, 혈액형 아니면 별자리까지. 어떤 것이든 좋은 화제가 될 수 있으니까요. 하다못해 사용하는 휴대폰 기종이라도 살펴보곤 하죠. 재미있는 것은 건너편에 앉은 그도 같은 수고를 하는 것처럼 보일 때가 많아요. 덕분에 어렵지 않게 가까워지곤 하죠. 어찌 보면 이것 역시 인연이라 할 수 있지 않을까요?

지중해와 북대서양을 사이에 두고 꼭 같은 이름의 도시가 한 쌍 있어요. 항구 도시라는 것 역시 두 도시의 공통점이죠. 콜롬비아 북부의 카르타헤나Cartagena는 새하얀 백사장 플라야 블랑카Playa Blanca로 유명한, 남미 최고의 휴양지 중 한 곳입니다. 우연히 읽은 여행 관련 칼럼에서 이 도시를 알게 되었죠. 작가는 이 도시를 '카리브해의 보석'이라는 수식어로 표현했답니다. 아아, 더 이상 어떤 설명이 필요할까요?

반면에 지중해와 맞닿은 스페인의 항구 도시 카르타헤나는 아직 많은 이들에게 알려지지 않은 곳이에요. 인구 이십일만의 이 작은 도시가 실은 카르타헤나라는 이름의 주인이며, 콜롬비아의 카르타헤나는 스페인 통치 시절 이 도시의 이름을 딴 것이라는 사실도요. 지금은 '카리브해의 보석'이 원조보다 훨씬 더 유명하니 말입니다.

스페인 카르타헤나에 대해 좀 더 얘기하자면, 일 년 내내 온화한 기후와 이십여 곳의 그림 같은 해변에서 즐기는 수상 스포츠로 유럽 사람들에게 사랑받는 휴양지입니다. 하지만 평화로운 지중해 연안 풍경 이면에 기구한 역사가 있다고 해요. 기원전 230년 카르타고의 하밀카르 바르카Hamilcar Barca가 도시를 세워 가문의 터전으로 삼은 것이 그 시작인데, 해안을 둘러싼 능선의 형태가 군항으로 최적인데다 금, 은 등의 광물까지 풍부해서 이 항구를 차지하기 위한 쟁탈전이 끊임없이 벌어졌다고 합니다. 로마, 서고트, 아랍으로 주인도 여러 번 바뀌었고 13세기에 스페인의 영토에 편입된 후에도 스페인 내전의 주요 격전지로 아픔을 겪었다고 해요. 그것을 증명하듯 도시 곳곳에는 과거 이베리아 반도의 거점으로 번성했던 시절의 흔적들이 남아 있습니다. 로마 콜로세움을 쏙 빼닮은 카르타헤나 로마 극장Teatro Romano de Cartagena, 스페인 내전의 참상이 기록돼 있는 스페인 내전 박물관Museo de la Guerra Civil, 적의 침입을 막았던 강한 그리스도인 요새Fuerte de Navidad와 산타 엘레나 타워Torre de Santa Elena 등을 둘러보면 이 도시가 품고 있는 시간의 깊이를 가늠할 수 있죠. 물론 카르타헤나행 배 안에서 제가 한 것이라곤 '시베리아 대륙의 어디쯤 혹은 남반구의 작은 섬 중 하나에 서울 혹은 쎄울이라는 이름의 도시가 있지 않을까' 하는 상상이 전부였지만 말이에요. 인터넷 검색을 해 봐도 도통 정보가 없어서, 결국 카르타헤나라는 이름 하나만 쥐고 떠나 보기로 했어요.

서론이 너무 길었죠? 지금부터 하는 얘기가 바로 그곳, 카르타헤나에서 있었던 일이에요.

배가 카르타헤나 항에 도착한 건 일요일 아침이었어요. 객실 창밖으로 내밀어 본 손바닥에 따뜻한 봄기운이 닿길래 얇은 셔츠 한 장만 입고 배를 나섰습니다. 흔들리는 배 안에서도 숙면을 취한 덕분에 부두를 걷는 걸음은 가볍고 기분도 상쾌했어요. 항구를 벗어나자 이내 도시가 자랑하는 아름다운 시 의회 건물과 작은 광장이 나타날 정도로 바다와 도시는 서로 맞닿아 있었습니다. 게다가 건물들도 높지 않아서 제법 멀리 달아났다 싶었는데도 돌아보면 항구가 여전히 그 자리에 있는 것 같았어요. 묘한 기분에 이따금씩 뒤를 돌아보며 걸었답니다.

한눈에도 이 도시의 랜드마크임을 알 수 있는 카르타헤나 시청Palacio consistorial de Cartagena 앞에 닿았을 때, 변덕스러운 바닷가 날씨가 자욱한 구름을 걷고 쪽빛 속살을 내보이며 뒤늦게 환영 인사를 했어요. 그 모습이 어쩐지 야릇하게 느껴져서 한동안 광장 어귀에 서서 고개를 들고 하늘을 보았습니다. 얇은 포플린 셔츠의 깃이 지중해 봄바람에 바스락거리는 소리, 야외 예배에서 흘러나오는 찬송가 소리, 불규칙하게 울리는 뱃고동 소리가 빚어내는 불협화음마저 감미롭던 순간으로 그 아침을 기억합니다. 잠시 후 햇살에 시큰해진 눈을 감으며 생각했어요. 모르긴 몰라도 처음 봄이라는 이름이 지어지던 날도 하늘이, 바람과 공기가 이랬을 것이라고.

붉게 상기된 봄 날씨 아래 도시 곳곳에선 축제가 한창이었어요. 그저 잠시 머물다 떠나는 뜨내기에게는 언제부터였는지, 그리고 언제까지인지도 알 수 없어서 영원처럼 느껴지는 풍경이었습니다. 넓고 좁은 골목들을 잇는 춤과 노래가 낡거나 반쯤 허물어진 건물의 잔해들 사이를 빈틈없이 채우고, 사람들이 모여 있는 곳에는 어김없이 고기 굽는 연기가 피어올랐어요. 메인 스트리트인 마요르 거리Calle Mayor를 따라 걷던 길은 가게 밖으로 삐져나온 테이블과 술통으로 만든 간이 바Bar에 앉고 기댄 사람들로 가득해 빠져나가기가 어려울 지경이었습니다. 술 향은 또 어찌나 아찔한지, 하마터면 다음 목적지를 포기하고 그 안으로 빨려 들어갈 뻔했다니까요.

화려한 색의 전통 복장을 차려입은 사람들이 그 사이를 활보하며 축제 분위기를 한껏 돋웠습니다. 그중 여인들이 입은 드레스가 단연 눈에 띄었습니다. 허리를 잘록하게 조이고 골반부터 무릎 위를 타이트하게 감싼, 흡사 인어 같은 실루엣이 대단히 매력적이었어요. 반대로 어깨에는 풍성한 프릴 장식을 달아 작은 움직임에도, 아니 걷기만 해도 그럴듯한 춤이 되었습니다. 어때요? 생각만 해도 어깨가 들썩이지 않아요?

축제에서는 꼭 술을 마시지 않아도 소리와 향기, 색채에 결국 취하기 마련이라 누구나 쉽게 사랑에 빠질 수밖에 없죠. 낯선 거리에 깔린 설렘에 축제의 흥이 더해지니 좀처럼 들뜨지 않는 저도 정신을 못 차리겠더군요. 그렇게 비틀거리던 걸음이 산 프란치스코 광장Plaza de San Francisco에서 멈췄습니다. 광장 정중앙에 서 있는 어마어마한 크기의 후박나무가 발길을 붙잡았거든요. 나무 몸통과 줄기에 노파의 미소처럼 깊은 주름이 파여 있는 자태기 수백 살은 너끈히 돼 보였어요. 항구에서 꽤 멀어진 터라 상대적으로 사람이 많지 않았지만 후박나무 주변으로 무대가 설치돼 있고, 그 주변을 먹거리며 공예품 파는 상점들이 빙 두르고 있는 풍경이 축제장으로 손색이 없었습니다.

어쩌면 나는 아직 그곳에 머물러 있는지도

시계를 보니 어느새 오후 두 시였습니다. 저는 근처에 있는 푸드 트럭에서 칠 유로짜리 미트 파이와 탄산음료를 산 뒤, 커다란 스피커들 사이에 놓인 흰색 플라스틱 의자에 자리를 잡았어요. 후박나무 앞에 세워진 간이 무대 위에서 꼬마 숙녀들의 공연이 한창이었거든요. 치렁치렁한 드레스를 입고 깡충깡충 뛰는 아이들의 몸짓에 맞춰 박수를 치는 동안, 흔들리는 후박나무 잎 사이로 햇살이 아른거렸고, 저는 눈을 뜬 채로 낮잠에 빠진 듯한 나른함을 느꼈습니다. 이틀 전, 바르셀로나의 어느 타파스 레스토랑에서 만난 노인의 조언이 아니었다면 그대로 배를 놓쳤을지도 모르겠습니다.

"지중해의 태양을 믿지 않는 것이 좋을 거야. 그랬다간 저녁 약속 시간을 놓치기 일쑤거든."

카르타헤나에서 가장 아쉬웠던 것은 축제의 밤을 함께하지 못한 거예요. 다음 기항지로 떠나기 위해 오후 여섯 시까지 배로 돌아가야 했거든요. 반나절 남짓의 짧은 여행이었죠. 지중해의 오월은 해가 길어서 그 아쉬움이 더 컸어요. 산 프란치스코 광장에서 나온 뒤 항구 반대 방향으로 한참을 더 걸었던 것도 축제 속에 좀 더 머물고 싶은 욕심 때문이었을 거예요. 하지만 잠시 후 스페인 광장Plaza de España 앞에서 발걸음을 돌려야 했어요. 더 이상 음악 소리도, 사람들의 웃음소리도 들리지 않았거든요. 이러다 정말 저녁 약속을 놓치겠다 싶어 스마트폰 화면 속 지도를 보며 항구 방향으로 걸음을 재촉했습니다. 한 시간쯤 걸었나, 저 멀리 시 의회 건물이 보이자 마음이 놓였어요. 그 앞 광장이 항구와 연결돼 있다는 것이 기억났거든요. 한편으로는 서운하기도 했어요. 축제를 뒤로하고 떠나야 한다는 생각에.

아침에 왔을 때 바삐 지나가는 행인뿐이었던 광장은 카페 테이블과 따가운 해를 피하는 사람들로 북적이고 있었습니다. 승선 때까지 남은 시간을 보내는 이들 사이에서 저도 앉을 만한 자리를 찾고 있던 찰나, 놀라운 일이 일어났어요. 어디 세워 뒀는지 보이지 않는 대형 스피커를 통해 경쾌한 타악기 리듬이 흘러나오고 모두 그 박자에 맞춰 박수를 치기 시작한 거예요. 광장 전체에 울릴 만큼 소리가 커서 제 심장 박동까지 그 리듬에 맞춰 뛰는 것 같았어요. 맞아요, 공연 시작 직전의 설렘과 열기. 순식간에 항구 앞 작은 광장은 멋진 야외무대가 됐어요.

이윽고 어디선가 세 여인이 나타나더니 카페테라스의 관객들 앞에서 관능적인 몸짓을 선보이기 시작했어요. 전통 의상을 맵시 있게 갖춰 입고 머리엔 꽃 장식까지 올린 여인들은 처음엔 그들끼리 손을 맞잡고 리듬을 타더니, 잠시 후 관객석에 있던 지긋한 노신사들의 손을 끌고 무대 위를 채웠어요. 세 쌍의 커플은 몇 번 고개를 끄덕이더니 우아한 움직임으로 관객석 사이를 구석구석 휘저었어요. 미리 짠 각본대로 움직이는 듯 능숙한 춤사위에 관객석의 박수와 환호는 점점 더 커졌습니다. 그 순간 그곳에 있다는 사실이 얼마나 큰 행운으로 느껴졌는지 몰라요. 그 황홀한 장면을 한눈에 모두 담을 수 있었으니까. 의심의 여지없는 그날 축제의 하이라이트였습니다.

춤은 계속됐고 한 커플의 맞잡은 손이 박수 소리에 맞춰 물결치듯 일렁이더니 곧 저와 닿을 만큼 가까워졌어요. 신사가 부드럽게 방향을 틀어

금세 두 사람은 프레임 속에서 사라졌지만, 그와 카메라 뷰파인더를 통해 눈이 마주쳤던 순간 느꼈던 감정들을 잊을 수 없어요. 앙다문 입과 미소, 희미하게 비친 땀방울. 사진에 비친 것은 어쩌면 '오후 한때의 흥겨움' 정도겠지만 저는 그 너머에 있는 무언가를 본 것 같았어요. 그들이 춤을 추고 내가 열광하는, 우리가 지금 여기 함께 있는 근본적인 이유랄까. 그가 꼭 이렇게 말하는 듯했습니다.

"우리는 모두 춤을 추기 위해 태어난 사람들이야. 단지 춤을 추는 방식이 다를 뿐이지."

어쩌면 나는 아직 그곳에 머물러 있는지도

저는 늘 적당히 사는 사람이었어요. 열 살 때였던가. '이제 반장 말고 평범한 말썽꾸러기가 되고 싶다'는 독백이 그 시작이었습니다. 매일 떠드는 사람 이름을 칠판 오른쪽 모서리에 적어야 하는 것이 싫어서 내뱉은 말을 용케 신이 들으셨던지 중학교 입학과 함께 다른 사람이 됐어요. 반장은커녕 남 앞에 서는 것도 두려워졌고 성적 역시 반에서 중간쯤에 머물렀습니다. 고등학교 진학 후, 그리고 대학 시절까지 평범한 학창 시절이 계속됐어요. 점수에 맞춰 적당한 대학, 과로 진학했고 밀린 리포트를 베끼고 벼락치기로 시험을 준비하며 캠퍼스 생활을 했어요. 졸업 후에는 또래의 청춘처럼 제법 오랜 기간 집에서 부모님의 한숨 소리를 외면하는 백수 생활을 하다가 떨어지지 않을 것 같은 적당한 회사의 면접에 응시해 직장인이 되었습니다. 회사에서도 그저 욕먹지 않을 정도로 일하는 사람이었던 것 같아요. 특별히 잘하고 싶은 욕심도, 그렇다고 뒤처질 생각도 없는. 자연스레 애초부터 나는 적당히 사는 사람으로 태어났을 거라고 생각하게 됐죠.

그래서 카르타헤나의 춤추는 사람들을 보며 행복, 최선, 노력이란 단어들이 한꺼번에 떠올랐을 때, 무언가 어색한 조합으로 느껴졌던 것이 사실이에요. '치열하게' 또는 '최선을 다해'라는 말은 생각만으로도 숨이 벅찬 말이었거든요. 어렸을 때부터 들어 온 그런 말들은 늘 권유보다 강요에 가까웠고, 내가 노력을 기울여야 하는 대부분의 것들은 좋아하는 일이기보다는 그렇지 않은 일이었으니까. 열심히 공부를 해야 한다, 회사 일을 내 일처럼 생각해야 한다고 말하는 사람들은 많았지만 누구에게도 행복하기 위해 최선을 다해 보라는 말을 들어본 적은 없었어요.

그들의 춤이 건넨 것은 '누구나 행복을 위해 최선을 다해야 할 의무가 있다'와 같은 무거운 말이 아니었어요. 비행기와 배를 갈아타고 이 도시로 오는 동안 마음 한편으로 '최선을 다해야만 하는 일'로부터 도망치고 있다고, 외면하는 중이라고 생각했던 제게 그저 "너도 우리처럼 춤을 추고 있는 거야"라고 했을 뿐이죠. 저도 그 광장에서 춤을 추고 있던 거였어요. 그것도 제법 치열하게. 그것들이 도망치듯 거침없고, 우연인 듯 쉬워서 몰랐을 뿐이죠. 그렇게 생각하니 신이 났어요. 그래서 남은 몇 곡이 흐르는 동안에는 누구보다 열렬한 관객이 되어 환호했습니다. 그렇게 크게 목소리를 낸 건 무척이나 오랜만이었던 것 같아요.

만약 행복을 원한다면, 떠나 보세요. 어느 누구도 해 주지 않았던 이야기, 다른 곳에서 느껴 본 적 없는 감정들을 얻게 될 것입니다. 그날 제가 그랬던 것처럼.

이메일의 전송 버튼을 눌렀다. 마음 한구석이 후련해진다. 간결하게 내 생각을 말하려던 것에 하나둘 떠오른 이야기들이 붙어 결국 하루치 여행기가 돼 버렸다. 이러지 말아야지 하면서도 버릇 고치는 게 쉽지 않다.

"몸은 대학원을 다니고 있지만 마음은 갈 곳을 잃고 방황하고 있습니다. 요즘 저는 저의 진로에 대해 전보다 더 깊게 생각하고 있어요. 어떤 일을 해야 행복할 수 있을지, 어떤 일을 열심히 할 수 있을지."

잡지에 실린 인터뷰를 통해 나를 알게 됐고, 스스로 삶의 갈림길이라 생각하는 지점에서 내게 조언을 구하고 싶다는 그의 메일을 받은 것은 일주일쯤 전이다. 마침 외국에 있던 나는 다시 한번 꼭 답을 부탁한다는 그의 메일을 받은 후에야 답장을 쓸 수 있었다. 분명 그 시기의 나보다 더 치열하게 살고 있는 그에게 어떤 이야기를 할까 고민하다 오랜만에 다시 그 항구를, 지칠 때 마음으로나마 달려가 춤 한 곡 추고 돌아오는 광장을 떠올렸다.

"저도 열심히 방법을 찾고 있습니다만, 아쉽게도 쉽게 길이 보이지 않네요. 하지만 아직 이 길이 틀렸다고 생각한 적은 없습니다. 제게 메일을 보낸 귀하 역시 어떤 선택을 하더라도 후회하지 않을 거예요."

여행으로 먹고살 수 있냐는 그의 마지막 문장에 대한 내 답이 마음에 차지 않았던지 혹은 아직 보잘것없는 여행자의 모습에 실망했는지 다시 답장이 오진 않았다. 며칠간 틈틈이 메일함을 열어 보는 마음에 아쉬움이 컸다. 대화가 좀 더 이어진다면 꼭 하고 싶은 말이 있었는데 말이다. 그에게 고맙다는 말을 하고 싶었다. 그대의 그 뜨거운 고민이 오히려 내게 큰 힘이 되었다고. 부디 지금쯤 꿈을 이뤄 어디선가 치열하게 춤을 추며 사랑하고 있길 바란다. 그 대상이 낯선 도시든 새로운 연구 프로젝트이든 간에.

어쩌면 나는 아직 그곳에 머물러 있는지도

여행은 꿈이 될 수 있고,
꿈은 여행이 될 수 있다

프라하, 체코

○ 그 풍경 앞에서 나는 누군가를 그리워하는 것도, 그럴싸한 잔소리를 내게 건네는 것도 참았다. 언젠가 이 순간을 떠올릴 때 이제 다시 볼 수 없는 그녀의 얼굴이나 덜 여문 나의 감정 같은 것이 찌꺼처럼 가라앉아 있을까 봐. 그저 아낌없이 감격하기로 했지. 마침내 이 여행을 이뤄 낸 것을.

광대를 괸 왼손바닥과 분리된 고개가 기우뚱하는 바람에 잠에서 깬 소년은 반사적으로 손을 입가에 가져다 댔다. 혹시 침이 흘러내리지 않았는지 확인하는 것이다. 이번 시간에만 벌써 몇 번째 반복 중이다. 벽시계를 보니 수업은 이제 갓 절반이 지났다. 그 앞에 있는 아이는 아예 엎드려 자고 있었다.

'국사는 정말 최악이야.'

열여덟과 열아홉 사이의 겨울 방학. 소년에게 필요한 것은 이제 수험생이 됐음을 하루라도 빨리 받아들이는 것이었다. 아니, 그래야만 했다. 마치 출생 직후부터 이 시기를 준비해 온 듯 일사불란하게 움직이는 무리들 사이에서 슬슬 조바심이 났기 때문이다. 하지만 아쉽게도 사회 구성원의 본능을 갖고 태어나지는 못했는지, 그들의 꽁무니를 아무리 열심히 쫓아다녀도 달라진 생활에 도무지 적응이 되지 않았다. 학교에서 학원으로 장소만 바뀌었을 뿐 매일 저녁까지 책상 앞에 앉아 있어야 하는 것과 주말에도 늦잠은 고사하고 이런저런 특강에 끌려다녀야하는 것 모두. 소년은 난생처음 인생이 행복보단 고달픔 쪽에 가까우며, 하기 싫은 일의 연속이라는 사실을 깨닫는 중이었다.

하루는 무척 길었지만 시간은 그럭저럭 빠르게 흘러 곧 새해가 됐고, 하릴없이 흘려보내던 겨울 방학도 어찌어찌 끝나가고 있었다. 그날도 어김없이 학원에 다녀오는 길, 빌라 입구에 있는 우편함을 향해 무심하게 던진 곁눈질에 종이 끝자락이 들어왔다. 두께가 제법 돼 보이는 종이 위쪽 코팅 면에 늦은 오후 햇살이 반사돼 반짝이고 있었다.

뒷면에 적힌 이름과 글씨가 얼마 전 지휘자이신 아버지를 따라 유럽에 간 친구의 것임을 소년은 금방 알아보았다. 반면에 우표와 도장은 영 생소했다. 이 얇은 엽서 한 장이 바다를 몇 개나 건너 서울에 있는 우리 집에 도착했을까. 그때까지 유럽이 도시 이름인 줄로만 알았던 그에게는 그야말로 놀라운 소식이자 모처럼 일어난 흥미로운 이벤트였다. 그러고 보니 보름 전쯤 주소를 묻는 국제 전화가 걸려 왔다. 처음 듣는 들뜬 그녀의 목소리에 전화를 끊고 한참을 방 한복판에 서 있었던 것이 떠올랐다.

교회 중등부 활동을 통해 알게 된 소녀는 소년의 사춘기 그 자체였다.

여자 아이한테 말 한마디 붙이지 못할 만큼 내성적이던 그가 유독 그녀에게만은 처음부터 적극적으로 다가갔는데, 그렇다고 대단한 건 아니었고 어쩌다 예배당에 둘만 남게 되거나 함께 버스 정류장에 가는 길에 쭈뼛쭈뼛 몇 마디 말을 건네는 정도였다. 다행히 소녀는 늘 상냥하게 그를 대했고 둘은 금방 가까워졌다. 오래지 않아 서로를 '베스트 프렌드'로 부를 정도로. 하지만 소년이 품은 마음은 그보다 좀 더 특별했다. 그리고 시간이 지나면서 크고 확실해졌다.

2000. 1. 27.

어제 동계 수련회를 무사히 마쳤다. 참 재미있었던 수련회였다. 사흘간의 시간이 하루처럼 느껴질 정도로.

좋은 일도 많았다. 롤링 페이퍼에 그 아이가 내게 쓴 글이 너무 좋았다. 'Best Friend'란다 글쎄. 오늘은 조성모 CD를 샀다며 문자가 왔다. 조금만 늦게 갔으면 만날 수 있었는데.

이 년쯤 지나자 둘 사이 호칭은 '스페셜 프렌드'로 바뀌었다. 유치하기 짝이 없지만 그것이 얼굴 가득한 여드름만큼 수줍음 많던 소년이 할 수 있는 가장 큰 애정 표현이었다. 그동안 떨리는 목소리를 삐삐 음성 사서함에 남기고 가슴 쓸어내렸던 오후, PCS폰의 사십 글자 제한에 맞춰 수없이 문자 메시지를 쓰고 지웠던 저녁이 있었다. 종종 손글씨로 적은 쪽지를 그녀에게 전하기도 했는데, 주머니에 쪽지가 있는 날에는 다른 친구들 몰래 건넬 생각을 하느라 예배는 늘 뒷전이었다. 하지만 거기까지였다. 애석하게도 그는 끝까지 특별한 '친구'에 머물렀다. 사람 없는 골목길과 일기장 위에 수도 없이 연습했지만 끝끝내 좋아한단 말을 하지 못했던 탓이다. 그리고 고등학교 삼학년 첫 학기가 시작될 즈음, 그녀가 한 살 많은 교회 선배를 좋아한다는 이야기를 건너 들은 후 그마저도 포기해야 했다.

2001. 3. 22.

남보다 특별한 사람이 되고 싶었는데. 이젠 편한 친구조차 될 수 없게 됐다.

열다섯부터 열아홉, 그녀를 통해 소년은 청춘을 배웠다. 엽서가 도착했던 시기는 봄학기가 시작되기 얼마 전, 일기마다 소녀의 이름이 오늘의 날씨처럼 등장하던 때였다.

빌라 입구에 선 채로 소년은 엽서 속 글자들을 단숨에 읽어 내려갔다. 엽서의 절반을 빼곡히 채운 문장들은 서울과 다른 그곳의 시간과 날씨, 그녀의 다음 행선지에 대해 전하고 있었다. 이전까지 믿지 않았던 시차라는 것이 실제로 있다는 것을 확인한 그는 지구 어딘가엔 춥지 않은 겨울도 있다는 말 역시 진짜일지도 모른다는 생각에 묘하게 흥분이 됐다.

마치 다른 세상의 것만 같던 이야기, 그 마지막 문장에 다다랐을 때 소년은 완전히 다른 떨림으로 가슴이 덜컥 내려앉는 걸 느꼈다.

나 보고 싶어도 울지 마.

잠들기 전까지 종일 그 문장을 읽고 또 읽었다. 한동안 문장째 되새기
다 나중에는 단어 하나하나를 곱씹고, 마침내는 획 하나하나를 머릿속
에 따라 그렸다. 그 엽서에 담긴 모든 것이 특별했다. 뒷면에 인쇄된 사
진 속 풍경까지도. 그날 밤 소년의 일기장에는 엽서가 출발한 도시의
이름이 새겨졌다. 꿈이 시작된 순간이었다. 속으로는 나 같은 촌놈이 죽
기 전에 가 볼 확률이 십오 퍼센트나 되겠냐며 점쳐볼 뿐이었지만.

어쩌면 나는 아직 그곳에 머물러 있는지도

서른두 번째 봄, 농익은 사월의 마지막 일요일. 나는 프라하 페트린Petřin 언덕의 이름 모를 전망대에서 아직 실루엣뿐인 도시의 스카이라인을 바라보고 있었다. 새 지저귀는 소리뿐인 거대한 고요에 귀 기울이면서 쉬 가다듬어지지 않는 숨을 연신 몰아 쉬었다. 겨울 지나 어김없이 찾아온 약속 같은 계절이라지만 그해 봄은 특별했다.

'일어나, 곧 아침이 밝겠어.'

귓가에 맴도는 살가운 목소리도, 어깨를 흔드는 앙증맞은 손도 없었지만 나는 진즉 일어나 있었다. 실은 뒤척이길 반복하다 잠들길 포기하고 침대 모서리에 걸터앉은 것이지만. 열 시간의 비행 후 처음 맞는 밤, 한국과의 시차를 생각하면 24시간을 뜬눈으로 보냈는데도 피곤하기는커녕 정신은 점점 더 또렷해졌다. 저녁 식사에 곁들인 체코 맥주 필스너 우르켈Pilsner Urquell의 각성 효과일까, 아니면 낯선 공기의 자극에 내 감각 기관들이 반응한 것일까. 노란 백열등 조명을 밝힌 방 안에서 나는 보헤미안 스타일의 카펫, 낡은 나무 탁자들이 품은 세월을 상상하며 아침을 기다렸다.

얼마나 지났을까. 하나뿐인 작은 창문 너머 까맣기만 하던 풍경이 검푸르게 변하더니 조금씩, 그리고 규칙적으로 환해졌다. 미동 없이 그 변화를 바라보던 나는 잠시 후 창 아래 테이블로 한 줄기 빛이 떨어지는 것을 확인하고는 주저 없이 옷가지를 챙겨 호텔을 나섰다.

탁, 탁, 타닥, 탁.

사람 한 명 없는 길에 내딛는 걸음소리가 경쾌하게 퍼졌다. 아직 차가운 새벽 공기 위로 내뱉는 숨마다 입김이 부옇게 피어올랐다. 호텔 정문에 주차된 클래식 로버가 가리키는 방향, 절반쯤 보랏빛으로 물든 라일락 나무의 향에 이끌려 전망대로 걸어가는 십 분 남짓 동안 시간은 밤에서 새벽, 어제에서 오늘로 빠르게 바뀌었다. 그 속도가 얼마나 빠르던지 건물 틈새, 골목 너머 보이는 오렌지빛 그러데이션이 발바닥으로 땅을 누를 때마다 어둠에서 밝음으로 성큼성큼 밀려 올라가는 것처럼 보였다. 조바심이 생긴 나는 결국 발뒤꿈치를 들고 반쯤 뛰듯 걸어야만 했다. 호흡은 거칠어졌지만 가슴 깊이까지 든 찬 공기 덕에 기분은 더없이 상쾌했다. 그 느낌을 훗날 나는 친구에게 이렇게 설명했다.

"잠에서 깨어나 꿈으로 들어가는 기분이었어."

사월의 마지막 일요일, 시계를 보니 여섯 시까지 팔 분이 남았다. 전망대에 온 지 이십 분, 그 사이 가쁜 숨은 심호흡으로 바뀌었다. 풍경을 가리던 검은 베일이 매끄럽게 흘러내리며 도시가 조금씩 모습을 드러냈다. 가장 높은 곳에 홀로 솟은 성 비토 대성당Katedrála svatého Víta의 그을린 듯 검은 외벽을 시작으로 성 니콜라스 성당Kostel sv. Mikuláše의 에메랄드빛 지붕, 멀리 구시가 광장의 틴 성모 마리아 교회Kostel Panny Marie Pred Tynem의 쌍둥이 첨탑이 차례차례 시야에 들어왔다. 그들 사이로 흐르는 블타바Vltava 강은 내가 오기 전 이미 오렌지빛으로 물들어 있었다. 그 일련의 과정이 이전까지 내 세상에 있던 어떤 장면보다 아름다워서 나는 그저 넋을 잃고 밝아 오는 도시를 바라보았다. 새소리와 숨소리뿐인 시간이 한참 이어졌다.

도시가 완전히 밝아진 후에야 주변을 둘러볼 여유가 생겼다. 누구의 손이라도 붙잡고 이제 막 절정에 다다른 아침에 대해 이야기하고 싶었지만 아쉽게도 전망대 위엔 여전히 나뿐이었다. 가슴 벅찬 감동과 텅 빈 공허함이 공존하는 묘한 외로움에 나는 습관처럼 그리운 누군가의 이름을 부르려다 가까스로 입을 꾹 다물었다. 차라리 미래의 나에게 무언가 거창한 다짐을 해 볼까 하다가 곧 그것도 그만두기로 했다. 훗날 이 순간을 떠올렸을 때, 다시는 볼 수 없는 이의 얼굴이나 설익은 진심 같은 것들이 찌꺼기처럼 끼어 있다면 두고두고 후회할 것이란 확신 때문이었다. 다만 한 사람, 내 사춘기 시절을 채운 그녀에게 눈부신 햇살을 핑계 삼아 잠시 눈을 감고 말했다. 고맙다고. 네가 아니었다면 이토록 아름다운 아침이 내게 있었겠냐고.

오전 여덟 시, 조금씩 떠오르던 해가 어느새 이 도시에서 가장 높은 성당 꼭대기보다 높아졌고 도시를 물들였던 오렌지빛 그러데이션은 땅과 하늘의 경계에 그 흔적만이 남았다. 전망대에 도착한 후 일만여 초의 시간 동안 펼쳐진 '나만을 위한 여명'의 마무리 신호는 급격히 몰려온 허기. 덕분에 왔던 길을 따라 호텔로 되돌아가는 걸음이 새벽보다 더 빠르고 경쾌했다. 엽서 속 장면에서 시작된 내 인생 첫 번째 버킷리스트는 붉은 여명, 그리고 견과류와 말린 자두를 잔뜩 올린 요거트로 채워졌다.

아침의 감격과 함께 시작된 여행은 봄의 기적들로 하루하루 이어졌다. 프라하에 머문 닷새 동안 카렐교Karlův most와 구시가 광장Staroměstské náměstí, 프라하 화약탑Prašná brána 전망대 그리고 수많은 골목에서 하루에도 몇 번이나 사랑에 빠질 만큼 멋진 장면들을 만났다. 그에 화답하듯 나는 하루에 세 시간 이상을 잠들지 못하고 밤낮으로 도시 곳곳을 탐했다. 열한 시에 펍에서 쫓겨나 방에서 혼자 초콜릿 푸딩에 맥주를 마시다가도 해가 뜨기 전 어김없이 방을 나서는가 하면, 종일 내리는 비를 맞으면서도 우산 하나 없이 골목들을 활보했다. 작고 낡은 식당에서 밥을 먹고 트램을 타며 여행하는 동안 흔히 말하는 인생 사진은커녕 내가 찍힌 사진 하나 남지 않았지만 이곳에 있다는 것만으로 충분했다.

어쩌면 나는 아직 그곳에 머물러 있는지도

여행 중 알게 된 한 남자와 구시가 지구 어느 골목을 함께 걷던 중이었다. 정확하게 기억나지 않지만 그가 말했다. 도시를 두리번거리는 내 눈이 반짝거린다고. 촌놈 티를 너무 냈나 싶어 머쓱해진 나는 그보다 앞선, "하루 세 시간씩 자고도 괜찮아요?"라는 그의 물음에 뒤늦게 답했다. 사실 꽤 오랫동안 이 여행을 꿈꿔 왔다고. 물론 그것이 전부는 아니었다. 꿈꾸던 여행을 마침내 현실로 마주한 순간 나는 마치 특별한 호르몬이 분비되는 것 같은 경험을 했다. 한번도 느껴 본 적 없는 일종의 감각의 팽창 같은 것이랄까. 일곱 시간의 시차마저 잊고 낯선 도시를 누빈 나는 서울로 돌아와 여행 기간만큼 긴 잠에 빠져 한동안 아무것도 하지 못했다. 그러니 여행 호르몬이 나를 버티게 해 주었다고 설명할 수밖에.

잠에서 깨어나 꿈속으로 들어가는 것만 같은 기분이 들었던 그날 새벽, 작은 성취가 있었다. 언덕에 오를 때까지만 해도 '무엇이든 근사하게 해낼 수 없는 사람'이던 내게. 돌이켜 보면 불안한 삼십 대의 삼분의 일, 돌아가자니 이미 제법 와 버렸고 앞서 나가기엔 갈 길이 까마득한 지점에서 해묵은 소년 시절의 소망이 이러지도 저러지도 못하고 있는 나를 이 도시로 이끈 것이 아닐까 싶다. 그리고 계절과 아침, 언덕은 내 작은 노력과 용기에 가슴 벅찬 감동으로 화답했다. 작은 것이나마 성공이 간절했던 내게 그 아침은 도시가 밝아오는 것 이상의 의미가 있었다. 그날 이후 몇 번의 아침이 더 있었지만, 그 아침만큼 아름답지는 않았다. 그건 일 년 후 다시 프라하에 왔을 때도 마찬가지였다.

나는 인생을 바꾸는 것은 큰 성공이나 변화가 아닌, 쉽고 작은 성취라는 말을 믿는다. 하지만 그 계기가 꼭 여행이 될 필요는 없다. 책을 읽거나 노래를 부르다가, 가죽 바느질을 하던 중 혹은 근사한 이성을 마주 보다가도 인생은 바뀔 수 있다. 요즘 나는 나무 샌딩● 작업을 할 때 마음이 가장 편하다는 선배와 새로운 요리 레시피 생각에 한껏 들떠 있는 친구, 바쁜 생업에도 매달 밴드 공연을 이어 가며 꿈에 다가가는 후배에게 익숙한 문장으로 말하는 나를 발견한다.

"꿈을 이야기하는 당신의 눈이 반짝반짝 빛나요."

● 사포나 전동 샌딩기로 표면을 매끄럽게 하고, 미세한 오차를 조정하는 것.

나는 욜로(YOLO)족이
아닙니다

~~~~~~~~~~~~~~~~~~~~~~~~~~~~

리보르노, 이탈리아

"안녕하세요, 작가님. MBC 이○○ 기자입니다."

설 연휴를 목전에 둔 수요일 오후, 생소한 번호로 전화 한 통이 걸려 왔
다. 공중파 방송의 여덟 시 뉴스 섭외 전화였다. '한 번뿐인 인생, 행복
한 오늘을 위해 산다'는 제목으로 최근 유행하는 욜로(YOLO) 트렌드
를 소개하는 리포트 기사를 준비 중이라는 그는 '여행 욜로족'으로 나
를 취재하고 싶다고 했다. 지난해 출간된 내 책의 저자 소개글이 인상
에 남았다며 섭외의 이유를 설명했다. 그러고 보니 몇 주 전 출연했던
주말 라디오 프로그램의 DJ도 그 문장에 관심을 보였었다.

"책날개에 저자 소개가 있잖아요. 거기에 이런 구절이 있어요. '바닥난
통장 잔고보다 고갈되고 있는 호기심이 더 걱정인 어른', 사실이라면 굉
장히 멋진 어른인데요, 어른이지만 여전히 청춘이신 거죠?"
"사실 그 문장은 제가 책을 쓸 것이라 상상도 해 본 적 없던 날의 메모
입니다. 학교를 졸업해서 회사를 다니고, 때가 되면 승진을 하고…… 그
렇게 삼십 대가 되어 매일 비슷한 일을 반복하다 보니 어느새 제 좁은
영역 안에 있는 것들 외에는 관심이 없어진 제 모습을 발견하게 됐습니

다. 그동안 제게 청춘은 곧 호기심이었는데, 그걸 잃어 간다는 생각이 들었어요. 그 후로 호기심을 잃지 않기 위해 노력하고 있고, 지금은 청춘이 나이가 아닌 마음과 걸음에 있다고 믿습니다."

섭외 전화에 기사의 방향과 인터뷰 내용, 준비해야 할 사항 등에 대해 깐깐한 질문들을 던지며 고민하는 척했지만 사실 내 마음은 이미 카메라 앞에 있었다. 날짜와 시간, 장소 등 세부 사항을 다시 조율하기로 한 후 전화를 끊고 나서야 걱정들이 하나씩 고개를 들었다.

무작정 사표를 던지고 여행을 떠난 회사원의 이야기. 그것이 당사자, 내 인생에선 무척 특별한 일이었지만 세상에선 더 이상 매력적인 이야깃거리가 아니라는 것을 이제는 알고 있다. TV와 책, 블로그, SNS에서 그런 소재는 너무 흔해졌으니까. '여행 욜로족'으로서 그들이 내게 원하는 이야기도 내가 여행을 떠나길 결심한 과거보다는 이전과 완전히 다른 삶을 살고 있는 현재, 그리고 앞으로 벌어먹고 살 미래에 있을 것이다. 거기에 극적인 성과와 성공담이 있으면 더 좋을 테고.

'뭐, 아무렴 어때. 텔레비전에 내가 나온다는데.'

늘어 가는 머릿속 걱정과 달리 마음은 그저 설렘뿐이었다.
인터뷰를 이틀 앞두고 예상 질문들과 그에 대한 답을 정리해 두기로 했다. 동네 작은 카페에서 좋아하는 비엔나커피 한 잔을 곁에 두고 수첩을 펼쳤다. 그리고 생각나는 것들을 두서없이 적었다. '얼마나 많은 나라와 도시를 다녔나요?', '가장 좋았던 곳과 그렇지 못한 곳은 어디였습니까?' 같은 상투적인 질문으로 시작해 '어느 나라 남자, 여자가 가장 근사한가요?', '가장 끔찍한 음식은 무엇이었나요?', '만약 한 도시에서만 살아야 한다면 어느 곳을 선택하시겠어요?'와 같은 나름 참신한 질문들로 몇 장이 금방 채워졌다. 시간이 지나면서 질문은 필연적으로 점점 진지해졌는데, 이를테면 이런 식이다. "그렇게 여행만 다니며 먹고살 수 있겠어?" 단도직입적으로 말해 '그래서 너 앞으로 뭐 먹고살래?' 또는 '지금이라도 기술 배워야지'라는 뜻이다. 현실의 영역에 들어서자 그때부턴 인터뷰보다는 면접을 준비하듯 무거운 자문자답을 이어나갔다. 시간이 지날수록 뒤통수가 점점 뜨거워졌다. 원론적인 의문 때문이다.

"가만, 내가 욜로족이긴 한가?"

손에 든 펜을 테이블 위에 놓고 두 팔을 가슴 앞으로 꼬아 팔짱을 꼈다. 분명 당시 내 생활은 TV와 책 속 유명인들이 부르짖고 사람들이 선망하는 욜로 라이프 스타일과는 거리가 있었다. 늘 해외 로밍 안내로 통화 연결음이 시작되는 지인들처럼 세계 곳곳을 누비고 있지 않을 뿐더러 기껏해야 지난 이 년간 십 수 개의 나라를 틈틈이 여행했을 뿐이다. 각종 해시태그(#)로 여행에 미쳐 있다고 자랑스레 고백하는 정사각형 세상 속 사람들만큼 여행을 사랑하는지도 모를 일이다. 매일 출퇴근만 하지 않을 뿐 생계를 위해 간간히 글과 사진을 파는 일에 묶여 있는 것도 보통의 사람들과 별다를 것 없었다. 이런 내가 욜로족으로 여행에 대해 이야기할 수 있을까? 고백하건대 'You Only Live Once'라는 말의 의미조차 제대로 이해하고 있는지 의문이었다.

마지막 남은 예상 질문의 답마저 마음에 들지 않는다면 다시 기자에게 전화를 걸 생각이었다. 미안하지만 지금이라도 다른 멋진 여행가를 찾는 것이 좋겠다고. 비교적 일찍 적어 놓았지만 선뜻 풀기 어려워 마지막까지 미뤄 놓았던 문장을 팔짱을 낀 채 가만히 바라보는데, 불현듯 지난 이야기 하나가 떠올랐다.

"어떤 이유로 여행을 계속하기로 결정했습니까?"

이탈리아의 항구 도시 리보르노Livorno의 작은 카페에서 있었던 일이다. 벌써 두 잔째 에스프레소를 마셨지만 피사Pisa행 버스의 출발 시각까지 아직 한 시간 반이 넘게 남았다. 주위를 둘러보니 가볍게 차려입은 지긋한 연배의 관광객이 대부분인 것이, '피사로 가는 관문'으로 유명한 도시다웠다. 나는 남은 시간 동안 커피 한 잔을 더 마실지, 아니면 간단히라도 주변을 둘러볼지 고민 중이었다.

그다지 운이 좋지 못한 날이었다. 아침 여덟 시, 배에서 내릴 때부터 비가 올 듯 말 듯 하늘이 잔뜩 찌푸려 있더니 이제는 아예 뭐라도 곧 쏟아질 것처럼 어둑어둑했다. 피사행 티켓을 사기 위해 버스 매표소 앞에서 삼십 분 넘게 줄을 선 후 들은 대답은 오전 버스 티켓이 전부 팔려 오후분만이 남았다는 말. 갓 아홉 시가 넘은 시각에 접한 비보였다. '방법이 없어'라며 어깨를 으쓱하는 직원이 얼마나 야속하던지. 일단 배나 채우자며 찾은 작은 식당에선 주문 후 사십 분이 지나서야 스파게티 한 그릇을 겨우 받았다. 그리스 산토리니를 연상시키는 화이트/블루 톤의 인테리어를 제외하면 마음에 드는 것이 하나도 없는 곳이었다.

식사를 마치고 딱히 갈 데도 없는 데다 이제 막 갠 하늘에서 쏟아지는 오월 햇살이 꽤나 따끔거려서 터미널 근처에 있는 이 작은 카페에 왔다. 버스를 기다리는 사람들로 의자 하나가 아쉬웠는데, 때마침 자리에서 일어난 연인 덕분에 4인 테이블에 합석이나마 할 수 있었던 것이 따지자면 그날의 첫 번째 행운이었다. 일 유로짜리 에스프레소를 받자마자 설탕 두 봉을 털어 넣고 휘휘 저어 한입에 삼켰다. 자근자근 씹히는 설탕 맛에 위로를 얻기 위함이었으리라. 뭐, 그럭저럭 효과가 있었다.

얼굴 한 번 보기 힘든 것이 꼭 콧대 높은 숙녀 같아. 두어 시간을 위해 하루를 모두 쓰는 것이 현명한 일일까. 게다가 이 인파를 봐, 피사의 사탑이고 뭐고 제대로 볼 수나 있을지.

점심에 먹은 스파게티는 너무너무 짰어. 잊지 말자.
'소금 적게' = 뽀꼬 살레(Poco sale) ✦✦✦

평소 하던 대로, 하지만 평소보다 많은 하루의 불만들을 수첩 위에 쏟아내고 있는데, 왼쪽 어깨에 '툭' 하고 작은 신호가 울렸다. '커피 다 마셨으면 이만 나가 주시죠'라는 신호인가 싶어 동전이 든 주머니에 손을 넣으며 고개를 돌리니 백발 노신사의 옆얼굴이 보였다. 내 쪽으로 몸을 기울인 그는 이미 바짝 다가와 있었다. 반팔 줄무늬 셔츠에 배꼽까지 추켜 올린 바지를 입고 허리에는 보수적인 느낌의 검은색 가죽 벨트를 둘렀는데 한눈에도 꽤나 신경 쓴 차림새였다. 그도 그럴 것이 주변의 다른 관광객들은 정강이까지 올라오는 흰 양말에 스포츠 샌들을 신거나 내 나이쯤 돼 보이는 희끗희끗한 청바지를 입고 있었다. 건너편에는 흰 피부에 진분홍빛 립스틱을 바른 노부인이 언제부터였는지 인자한 표정으로 나를 보고 있었다. 깨끗한 흰색 블라우스가 누가 보아도 내 옆 신사의 일행임을 알 수 있는 세련된 인상이었다.

아르헨티나에서 왔다는 신사는 내가 한국 사람이라는 것을 듣자 무척 반가워했다. 은퇴 후 함께 세계를 여행하고 있다며 자신들을 소개한 그는 지난해 일본과 대만 그리고 한국을 경유하는 아시아 크루즈 여행을 한 적이 있다고 했다.

"부산!"

익숙한 이름이 그의 입을 통해 나오자 나는 쉽게 대화에 빠져들었다. 부산에서 좋은 인상을 받았다며 서울의 공항 이름과 도심까지 걸리는 시간 등을 연거푸 묻더니, 테이블 위에 올려놓은 내 카메라를 한눈에 알아보고는 사십 여 년 전 자신도 같은 회사의 카메라를 사용한 적이 있다고 했다. 내 나이쯤 기자 생활을 했다는 그의 말에 나는 혼란스러운 시대를 묵묵히 담아내는 남미의 사진가를 머릿속에 그려 보았다.

그새 나와 말이 제법 통한다 느꼈는지, 오늘 피사행이 이번 유럽 여행에서 두 사람이 가장 기대했던 순간이라며 그가 속내를 살짝 보였을 때는 나도 모르게 손바닥을 짝 마주치며 '아아' 하는 탄성을 질렀다.

실내를 가득 채운 사람들의 음성과 점원의 외침, 열린 문으로 들어오는 자동차 소음으로 시끌벅적한 카페에서 대화하기 위해 그와 나는 몸을 점점 더 서로의 방향으로 기울여야 했다. 결국 어깨를 맞대고 우리는 중간중간 귓속말까지 해 가며 많은 대화를 나눴다. 건너편 노부인은 별다른 말 없이 두 남자의 모습이 흥미롭다는 표정으로 우리를 바라보았는데, 눈동자가 흑진주처럼 새까맣고 반짝이는 것이 마치 아이의 눈을 보는 것 같아서 대화 중간에도 자꾸만 눈이 갔다.

정오가 가까워 오자 카페를 가득 채운 사람들이 하나둘 빠져나가기 시작했다. 다음 버스들이 터미널에 도착할 시간이었다. 멋진 여행을 하라는 신사다운 인사로 먼저 작별을 고한 그가 잠시 후 마지막으로 꼭 할말이 있다는 듯 한 번 더 내 어깨를 두드렸다. 작은 소지품 가방 끈을 두 손으로 꼭 쥔 채 어깨로 보낸 신호였다.

"이만큼 시간이 지나 내가 가장 후회하는 것은 이제야 피사를 찾은 것이라네. 내겐 지금 나와 같은 버스를 기다리는 자네의 젊음이 얼마나 아름다워 보이는지 몰라. 앞으로 더 많이 다니고, 경험하게. 지금이 아니면 얻을 수 없는 것들이 있을 테니. 그것을 자네가 발견하길 기도하겠네."

그 말을 끝으로 내외는 카페를 나섰고 곧 버스 주위에 몰린 인파 속에

묻혔다. 당연하게도 다시 그들을 볼 순 없었다. 다른 시각, 다른 버스를 탄 우리가 피사 대성당Duomo di Pisa에서 마주친다는 건 영화 속에서나 가능한 일일 것이다. 그로부터 삼십 분이 더 지난 뒤 나는 오후 한 시 버스를 타고 한 시간쯤 달려 비슷한 버스들이 늘어선 한 주차장에 도착했다. 버스 가이드는 오후 네 시까지 두 시간가량의 피사 관광 시간을 허락했다. 걸어서 이십 분 정도를 더 들어가야 한다는 말에 걸음을 서둘렀다. 그동안 하늘에선 간간히 작은 빗방울이 떨어졌다. 촉박한 시간에 날씨까지 도와주지 않은 탓이었는지는 몰라도 책에서만 보던 피사의 사탑Torre di Pisa에 기대했던 굉장함은 없었다.

'아, 정말로 기울어져 있긴 하네.'

이리 보고 또 저리 봐도, 그리고 곁에 세워진 피사 대성당과 비교하면 눈에 띄게 기울어진 탑의 모습을 눈으로 직접 확인하는 '팩트 체크' 정도의 의미였달까. 그보다는 미라콜리 광장Piazza dei Miracoli에 입장하기 전 사전 교육이라도 받았는지 탑이 세워진 방향으로 손가락 하나를 펼치거나 입을 쩍 벌려 비슷비슷한 포즈로 사진을 찍는 사람들의 모습이 더 흥미로웠다. 물론 나도 그들 사이에서 손가락을 이리저리 움직이며 기울어진 종루를 받치는 포즈로 기념사진을 찍었다. '언제 또 피사에 와 보겠어'라는 핑계였다.

오후 네 시 반, 리보르노로 돌아가는 버스 안은 올 때와 달리 조용했다. 인생의 버킷리스트 하나를 채운 성취감이 선사한 단잠에 승객들 태반이 곯아떨어져 있었다. 반대로 내겐 도착할 때까지 졸음 한 번 찾아오지 않았지만, 그 이유 역시 그들과 같았다. 한 시간 동안 창밖으로 펼쳐진 정겨운 시골 풍경을 배경으로 나는 수첩에 짧은 하루를 갈무리했다. '지독히도 운 좋은 하루였다'라는 문장으로 시작한 그날 메모의 마지막엔 피사의 사탑도, 대성당도 아닌 노신사의 마지막 말이 적혔다. 나를 위한 격려 혹은 진심 어린 그의 고백 같은 그 문장들을 곱씹으며 나는 여행을 좀 더 이어가 보기로 했다. 그가 말했던 것이 무엇인지 확인하기 위해서라도.

하지만 이 낭만적인 일화는 아쉽게도 전파를 타지 못했다. 유명한 농구 만화의 엔딩에 나오는 '그러나 이 사진이 표지로 사용되는 일은 없었다'라는 대사처럼 이틀 후 진행된 인터뷰에서 참패와 같은 경험을 한 탓이다. 곁눈으로 보이는 커다란 방송용 카메라에 압도돼 머리가 하얘진 나는 완성된 문장 하나 만들지 못하고 뚝뚝 끊어 말을 했고, 그게 아니면 어버버 더듬거렸다. 한 시간 동안 '죄송합니다, 다시 할게요'라는 말을 몇 번이나 했는지. 예상 질문들과 노신사와의 이야기를 적어 놓은 수첩의 존재마저 까맣게 잊은 채 인터뷰가 끝났다. 일주일쯤 지나 기사가 주말 뉴스에 방영됐지만 나는 차마 TV를 켜지 못했다. 후에 들으니 내가 나온 시간은 십 초도 채 되지 않았단다.

한동안 나를 자다가도 벌떡벌떡 일어나게 했던 '날카로운 첫 경험의 추억'은 자국 하나를 남겼다. 모든 여행의 시작마다 목적지로 향하는 비행기, 버스 안에서 그날 리보르노에서의 일화를 곱씹으며 내 여행의 이유를 재차 확인하는 버릇이 그것이다. 언젠가 다시 기회가 생긴다면 능숙하게 말할 수 있도록.

"사실 제겐 여행을 결심하게 된 근사한 사건이 있었습니다. 덕분에 자신 있게 말할 수 있어요. 우리의 인생은 오직 한 번뿐(We Only Live Once)이라고."

그런데 이렇게 늘어놓고 보니, 너무 길어서 아무래도 통편집당하지 않을까 싶다.

우리 함께 캐럴을 불러요,
다시 크리스마스가 올 테니

◇◇◇◇◇◇◇◇◇◇◇◇◇◇◇◇◇◇◇◇◇◇◇◇◇◇

모스크바, 러시아

○ 한 번의 겨울, 두 번의 크리스마스. 누구나 한 번쯤 꿈꾸지만 기대하지 않던 기적 앞에서 엉뚱한 상상을 했어. 어쩌면 이 여행이 아주 오래전부터 내게 준비된 것이 아닐까, 라고. '두 번째 크리스마스'라는 제목으로 말이지.

"С Рождеством(메리 크리스마스)!"

몸 전체를 주홍빛 조명으로 두른 러시아 최고의 백화점 굼ГУМ 앞에 마련된 야외 연회장엔 밤하늘에 터지는 폭죽도, 심장 박동을 재촉하는 음악도 없었지만 축제는 차근차근 그 절정을 향하고 있었다. 광장 한복판에 세워진 2층 회전목마에서는 빙글빙글 도는 아이들의 웃음소리가 오르골 멜로디처럼 흘러나오고, 거대한 크리스마스 트리 주변에 선물 상자처럼 늘어선 간이 상점들 사이로 감자와 소시지 익는 향과 연기가 연신 피어올랐다. 뜨거운 숨을 나누는 연인과 지팡이 끝으로 불꽃을 뻐끔대는 마술사 그리고 그들 사이를 활보하는 산타클로스와 루돌프에게 영하 30도의 혹한은 이미 바깥세상의 일인 것처럼 보였다. 성 바실리 대성당Собор Василия Блаженного 앞에 모인 사람들은 아예 폭설로 눈밭이 된 바닥에 누워 뒹군다.

붉은 광장Красная площадь 한편의 작은 입식 테이블에 팔꿈치를 기대고 레몬 생강차를 홀짝이고 있는 나는 이른 아침부터 광장 위에 펼쳐진 장면들을 남김없이 지켜보고 있었다. 새끼손가락이 얼어붙는 추위를 피하기 위해 백화점 안을 몇 번씩 들락날락했지만. 하루 네댓 시간뿐인 짧은 해가 오후 두 시에 자취를 감추면서 도시는 빛을 잃었지만, 어둠이 짙어질수록 축제는 오히려 점점 더 밝고 화려해졌다. 그 빛에 홀려 사방에서 꾸역꾸역 모여드는 인파는 갈수록 늘고 있었다. 보고 있으니 문득 이 광장의 이름이 붉은색이 아닌 '아름다운(Красивый)'이라는 형용사에서 유래했다는 말이 떠올라 고개가 절로 끄덕여졌다. 세상 어디에도 없는 붉은 밤의 축제는 끝없는 혹한과 폭설, 온기에 대한 갈증을 견디는 이들의 지혜일 것이다. 발열 내의부터 오버 코트까지 다섯 장을 껴입은 팔을 낑낑대고 손목을 걷었다. 시침과 분침이 각각 9와 12를 가리키며 보기 좋은 직각을 그리고 있었다.

"상상해 본 적 있나요? 한 번의 겨울, 두 번의 크리스마스."

혹독한 겨울 도시가 던진 첫 번째 질문이었다.

그해 겨울 가장 매서운 날로 기록된 1월 7일, 러시아 모스크바에서 나는 두 번째 성탄절을 맞았다. 한국의 그레고리력과 다른 율리우스력을 사용하는 러시아였기에 가능했던 우연인 동시에 행운이었다. 새해가 시작되는 1월 1일을 일 년 중 가장 큰 명절로 보내는 러시아인들은 연말부터 성탄절이 있는 주까지 길게는 보름가량 홀리데이 시즌을 보내고, 도시는 그보다 이른 십이월 초부터 축제 분위기로 들썩인다. 그 축제의 클라이맥스를 다름 아닌 붉은 광장에서 감상했으니 억세게 운이 좋았다 할 만하지 않은가. 한국에서 12월 25일 성탄절을 보낸 내가 러시아에서 또 한 번 파티를 즐긴 것은 일종의 편법이었을 수도 있지만, 파티가 모두 끝나고 나서야 그게 크리스마스 세리머니였다는 것을 알았으니 반칙까지는 아니었다고 생각한다.

거저 얻은 두 번째 성탄절 밤에 내가 한 것이 하나 더 있다. 파티가 열리는 광장 구석에서 해묵은 지난 성탄절 일기들을 오랜만에 다시 꺼내 읽은 것이다. 오십 루블짜리 레몬 생강차 한 모금이 타임머신 역할을 했다. 머리맡에 놓인 선물에 입을 막고 소리를 질렀지만 함께 있던 카드 속 아빠의 글씨를 알아보고는 세상에 산타는 없다는 것을 알아 버린 일곱 살의 12월 25일 일기를 시작으로 새벽까지 교회 친구들과 찬송가를 부르며 거리를 걸었던 열여섯의 크리스마스이브, 첫사랑의 손을 내 코트 주머니에 넣는 순간 거짓말처럼 눈이 내린 스무 살의 화이트 크리스마스 이야기가 이어졌다. 새벽 네 시라는 시간과 신촌역 앞 놀이터라는 장소가 지금 생각해도 배경으로 그만이었다. 하지만 그 후로 일기는 조금씩 뜸해졌고, 기억은 가까운 것일수록 오히려 가물가물했다. 2주 전 서울에서의 성탄절에 뭘 했나 한참을 콧잔등 찌푸리고 되짚어 보니 동네 작은 맥주집에 혼자 앉은 내 모습이 있었다.

눈발이 아까보다 거세졌지만 축제는 아랑곳하지 않고 환하게 불을 밝히고 있었다. 마치 이대로 다음 겨울까지 축제를 이어갈 것 같았다. 아쉬움을 뒤로하고 광장을 빠져나온 나는 모스크바 골든 링 호텔의 방에서 작은 파티로 두 번째 성탄절의 남은 시간을 채웠다. 말린 토마토와 빵 그리고 적당한 가격의 와인이 탁자를 채우고 창밖으로 펼쳐진 도시의 야경이 흥을 돋웠다. 나는 TV 속 가수의 입을 떠듬떠듬 따라 움직이며 축제를 노래했다. 무척이나 오랜만에 적은 그해 성탄절 일기의 제목은 '여행의 기적'이었다.

뭐라도 한마디 써야 한다고 생각했다. 무척 의미 있는 순간이니까. 그렇게 몇 분이 더 지난 후에야 짧은 문장 하나를 겨우 적고 내 덩치만 한 백팩을 다시 멨다. 그때 탑승을 위한 라스트 콜이 울렸다. '이건 분명 미친 짓이다.'

_김성주,《인생이 쓸 때, 모스크바》

세계 지도에서 가장 큰 면적을 차지하는 나라 러시아의 수도이자 유럽에서 가장 많은 인구를 품고 있는 도시. 하지만 제대로 아는 이도, 알고 싶어 하는 이도 드문 땅 모스크바에서의 열이틀은 그렇게 시작됐다. 일 년 중 가장 매서운 일월의 혹한과 그보다 더 차가운 표정의 사람들에게 당차게 다가갈 수 있었던, 아니 다가가야만 했던 그 시절의 간절함은 시간이 지나며 조금씩 희미해지고 있지만 모든 것이 서툴기만 한 이방인을 시험하듯 도시가 던졌던 질문들은 여전히 선명하게 남아 있다. 그것은 상상해 본 적 없는 기적, 기대하지 않았던 우연, 믿지 않았던 진실들을 향해 있었다.

한 번은 난데없이 '영원히 사는 방법'에 대해 고민하게 만들었다. 처음엔 방부 처리된 블라디미르 일리치 레닌Влади́мир Ильи́ч Ле́нин의 시신이 보관돼 있는 레닌의 묘Мавзолей Ленина를 떠올렸지만 아르바트Арба́т 거리 중간쯤에 있는 낡고 허름한 벽에 답이 있었다. 구소련의 정신을 위로했던 전설적 밴드 키노КИНО의 리더 빅토르 로베르토비치 최Виктор Робертович Цой를 추모하는 벽 앞에는 사후 20년이 지난 후에도 그가 생전에 좋아했던 담배와 우유를 놓고 가는 사람들이 끊이지 않았다. 고향인 상트 페테르부르크Санкт Петербург, 옛 레닌그라드Ленинград에 있는 그의 묘소 풍경 역시 비슷한단다. 그가 한국계 3세라는 단순한 이유로 벽을 찾은 내게는 삶이 얼마나 큰 기회인지 새삼 되새겨 보게 하는 장면이었다. 그 후에도 겨울 도시의 물음은 반복됐고, 나는 용케도 하나씩 답을 발견했다. 나중엔 하루하루 탐험가가 된 기분으로 여행했던 것 같다.

"아들은 대체 뭐가 그렇게 좋아서 여행을 다닐까? 엄마는 그래도 내 나라가 좋던데."

여행 전후로 저녁식사를 함께할 때면 어머니는 한 번씩 이렇게 물으신다. 평생 어디 놀러 가자는 말 한번 한 적 없는 아들이 뒤늦게 여행에 빠져 이름조차 생소한 나라와 도시들로 떠나고 있으니 궁금하실 만도하다. 만약 인터뷰나 방송에서 이런 질문을 받았다면 모호한 단어들을 최대한 근사하게 꾸며서 문장으로 만들어야겠지만 어머니에게는 쉽게 말씀드려야 한다.

"자, 생각해봐 엄마. 일 년 내내 엄마가 좋아하는 코스모스가 피어 있는 곳이 있다고. 얼마나 좋겠어. 우리나라가 봄, 여름, 가을, 겨울이 다 있어서 좋다고 하잖아. 근데 저기 지중해에 있는 도시들을 가 보니까 365일 봄처럼 포근한 곳이 있더라고. 그런 곳에 사는 사람들은 얼마나 행복하겠어. 그런 식이야. 여행하다 보면 그동안 내가 믿고 있던 것들이 하나씩 깨지는 재미가 있어. "

이탈리아 제일의 항구 도시 제노바의 이름 모를 해변에 발 뻗고 주저앉아서 '일 년 내내 이런 날씨면 아무것도 하지 않아도 행복할 텐데'라는 혼잣말을 했던 것이 떠올라 괜히 뜨끔했다.

"24시간 동안 해가 떠 있으면, 그러니까 밤이 없으면 하루는 몇 시간으로 나눠야 할까? 모스크바는 여름에 새벽까지 해가 떠 있대. 그래서 집 집마다 두꺼운 커튼을 치고 자야 한대. 궁금하지 않아?"
"그런 거 말고, 좋은 데 가면 눈 크게 뜨고 주변에 괜찮은 여자 있는지나 봐. 남자가 먼저 말 걸고 그래야 돼. 여자는 용기 있는 남자를 좋아해. 여행에서 평생의 인연을 만나는 것만큼 멋진 게 어디 있어."

이것이 노총각 아들을 둔 어머니에겐 빛과 온기보다 소중한 여행의 기적이다. 비행기 공포증으로 해외에 나가 보신 적 없는 어머니조차 이렇게 말씀하시는 걸 보면 낯선 곳에서의 인연은 누구나 꿈꾸는 본능일 수도 있겠다. 아니면 TV 드라마의 힘이 그만큼 대단하든지.

밥을 다 먹고 나서도 이야기는 한참 더 이어지고, 처음엔 '그래?'라며 큰 관심 보이지 않으시던 어머니도 곧 '거긴 일 년 내내 여름이라니? 숨 막혀서 어떻게 산다니'라며 흥미를 보이시거나 '아들은 러시아가 좋은가 보구나'라고 맞장구를 쳐 주신다. 그러면 말하는 나는 흥이 최고조에 이른다. 내가 발견한 크고 작은 여행의 묘미를 함께 나누고 싶은 마음 때문일 것이다.

"아들, 그 있잖아. 러시아에서 사 온 와인이나 맛보자."
"러시아 아니고 슬로베니아야, 엄마."

여행에 있어 가장 중요하고 가치 있는 준비물은 역시나 떠나는 것 자체에 있다. 그리고 오직 그 용기로만 살 수 있는 값진 것들이 여행지에 있다. 그날 모스크바 붉은 광장에 있었던 것만으로 내가 '두 번째 크리스마스의 기적'을 경험했던 것처럼, 누군가는 세상 어디에도 없다고 믿었던 것을 찾고, 다른 누군가는 다시 돌아오지 않을 거라며 한탄했던 시간과 만난다. 어떤 이는 영원히 바뀌지 않을 거라며 외면했던 존재가 녹아내리는 것을 보며 감격할 것이다.

여전히 도시와 도시로 이어지는 돌발 질문들은 오랫동안 쌓이고 다져져 딱딱하게 굳은 내 선입견, 한 번도 의심하지 않았던 뻣뻣한 고집들을 흩어놓고 있다. 거기에 하나씩 답을 하다 보면 가슴이 말랑말랑해지는 느낌이다. 어쩌면 그 짜릿함이 고파서 여행을 반복하는 건지도 모르겠다.

내 모든 여정의 출발점이자 내 안에 있는 여행자의 고향. 여행이 내게 기적을 안길 수 있다고 말해 준 도시. 이제 제법 시간이 지났지만 지금도 종종 혹독했던 겨울 이야기를 꺼내 본다. 생각보다 들려 달라는 사람이 많다. 특히 겨울이 되면 더. 얼마 전에는 한 매거진에 실을 모스크바 겨울 풍경을 정리하다 눈물 나도록 러시아가 그리워지는 바람에 천삼백일만의 재회를 준비하기로 했다. 눈 덮인 국립 모스크바 대학교MГУ 캠퍼스를 쓸쓸히 걸으며 했던, 여름에 돌아와 백야의 태양이 질 때까지 맥주를 마시겠다던 약속을 지키기 위해. 그땐 또 어떤 질문들을 받게 될까. 바다처럼 큰 호수? 일주일간 쉬지 않고 달리는 기차? 뭐, 떠나 보면 알겠지.

어쩌면 나는 아직 그곳에 머물러 있는지도

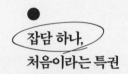

잡담 하나,
처음이라는 특권

"첫 여행지가 어디였어요?"

새롭게 알게 된 이와 저녁 식사를 하던 중이었습니다. 시선이 여전히 음식에 있던 것으로 보아 지나가는 말로 물었던 것 같은데, 저는 음식 씹는 것도 멈추고 답을 생각해야 했습니다. 때마침 지난 몇 년간의 여행 이야기를 갈무리하며 같은 질문을 받았거든요.

"글쎄요, 모스크바가 처음이었던가…… 아아, 그전에 있었어요. 여행이라기엔 뭣하고, 그냥 관광?"

사실 저는 늘 이런 질문을 하는 입장이었습니다. 첫사랑의 기억은 아직 아픔이 가시지 않았을 수 있으니까, 첫 면접이나 첫 출근에 대한 이야기는 듣는 내가 너무 긴장될 테고, 첫눈에 관한 기억을 소중하게 간직한 사람은 요즘엔 그리 많지 않잖아요. 그렇다고 첫 경험을 물을 수는 없는 노릇이고. 그래서 첫 여행에 대해 묻기 시작했는데 다행히 제게 답해 준 이들의 첫 여행 이야기들은 설렘과 기대로 시작해 기적, 발견, 감동들로 가득했어요. 그들의 표정 역시 이야기의 배경인 로마, 파리 풍경보다 더 근사했고요. 어느새 그렁그렁해진 눈을 보고 있으면 이만큼 상대를 무장 해제시키기 쉬운 질문도 드물겠다 싶습니다. 저도 결국 점잔 떨던 손까지 빙글빙글 돌려 가며 8년 전 여행 이야기를 늘어놓았던 것을 보면 말이죠.

저는 여행과는 거리가 먼 사람이었습니다. 부끄럽지만 대학 시절 배낭여행을 떠난 친구들이 부러웠던 적도, 바다 너머 세상에 호기심을 가진 적도 없었죠. 하지만 난생처음 비행기를 탄 날, 인천에서 간사이 공항으로 가는 내내 손바닥만 한 창에서 눈을 떼지 못했습니다.

'아차, 내가 이 재미를 모르고 살 뻔했다니.'

머리 위와 등 뒤로 따가운 유월 햇살이, 눈앞과 발아래에 오사카와 교토, 고베가 있었습니다. 여행 좀 다닌다 하는 사람들은 쳐주지도 않는 곳이지만 그땐 길에 서 있는 우체통이며 편의점에 빼곡한 음료수까지 놀라운 것 투성이라 머리가 혼란스러울 지경이었어요. 트렁크를 다 열 수도 없을 정도로 좁은 호텔방마저도 놀라운 발견이었고요. 특히 저는 교토의 크고 작은 옛 거리에 푹 빠졌습니다. 기온祇園 거리에 깔린 듣기 좋은 소음과 산넨자카三年坂의 운치 있는 계단길, 여닫이 문 너머로 작은 정원이 있었던 니넨자카二年坂의 어느 소바집까지. 그래서 그 후 매년 한 번씩 교토에 다녀왔습니다. 낙엽에서 벚꽃으로 바뀐 풍경을 배경으로 첫 여행의 장소들을 거푸집 삼아 같은 식당과 카페, 거리에서 시간을 보냈습니다. 신기하게도 다른 도시를 여행하거나 옆 식당에 가 볼 생각은 하지 않았습니다. 새로운 여행보다는 편히 갈 수 있는 다른 세상 하나가 생긴 것으로 충분했던 것 같아요.

그날 연남동에서 집까지 가는 길이 평소보다 두 배는 길었습니다. 집에 도착하자마자 그때 사진들을 찾아볼 기대로 가슴이 두근거렸거든요. 하지만 추억 발굴은 실패로 끝났습니다. 책장 가장 아래 서랍의 보관함에 있는 CD들을 모두 확인해 봤지만 남아 있는 것보다는 사라진 것이 더 많았습니다. 아마 언제든 팔을 뻗으면 깊은 곳에 틀림없이 있을 거라 믿었던 것 같아요. 그래서 한동안 꺼내 보지 않았고, 그 사이 사라져 버린 것조차 몰랐습니다. 밤새 헛헛한 기분을 달래야 했지만, 그래도 오랜만에 그 시절의 설렘을 되새겼으니 수확이 아주 없는 건 아니었죠.

몇 장 되지 않는 교토 사진을 보니 모든 처음은 근본적으로 같은 요소들로 이뤄졌다는 생각이 들었습니다. 늘어놓은 여행 얘기들이 전혀 다른 추억들과 짝을 맞췄거든요. 마치 제 위치가 아닌데도 그런대로 세네 귀퉁이가 끼워 맞춰지는 지그소 퍼즐Jigsaw puzzle의 조각처럼요. 스무 살 첫사랑과 스물일곱 첫 여행의 뜨거웠던 온도, 첫 면접 후 내쉰 한숨과 서점에서 처음 제 책을 발견했을 때 몰아쉰 호흡의 무게가 그랬습니다. 김대리가 서른 살이 되던 날에는 첫눈이 내렸고요.

첫 사랑보다는 첫사랑,

첫 걸음 말고 첫걸음,

첫 눈이 아니라 첫눈.

이렇게 불러보니 '첫'이란 말에는 신기한 힘이 있습니다. 어떤 것이든 '첫'이란 글자를 더하는 것으로 그 향이 몇 배는 짙어지거든요. 마치 아주 강한 조미료처럼 소중한 것을 더욱 애틋하게, 아픈 것은 더 쓰라리게 만듭니다. 이만큼 짧고도 강렬한 힘을 가진 단어가 또 있을까 싶습니다.

저는 모든 처음에 마력이 깃들어 있다는 말을 믿습니다. 뿐만 아니라 그 이상한 힘은 훗날 다시 모습을 드러낸다는 것도요. 첫 여행의 조각들을 맞추고 빈 부분을 추억하다 보니 그저 호기심 하나로 충분했던 그 시절의 교토가 눈물 나게 그리워진 걸 보면 분명합니다.

PRAGUE CZECH REPUBLIC
OKINAWA JAPAN
ROME ITALY
BARCELONA SPAIN

2장

어쩌면
내가 그리워하는 이는 그대가
아닐지도

높이 날아오르고도,
끝없이 추락하고도 싶어, 당신과 함께

∞∞∞∞∞∞∞∞∞∞∞∞∞∞∞∞∞∞∞∞∞

프라하, 체코

○ 대답 없이 풍경만 바라보는 동안 사실 나는 여행 중이었어요. 당신의
온기를 손아귀에 품고 한 번도 가 본 적 없는 항구, 이름 모를 광장을 걷고
있었죠. 짧은 꿈에서 깬 뒤 고개를 돌렸을 때, 여전히 당신이 있어 얼마나
다행이었는지 몰라요.

철, 컥.
잔잔한 새벽 고요를 깨고 싶지 않아 조심, 또 조심했지만 내 키보다 큰
철문이 닫히는 소리가 기어이 낮고 묵직한 파동으로 빈 골목 위에 퍼져
나간다. 참았던 숨이 '후-우-우' 하고 새어 나오고, 입김으로 앞이 뿌예진
다. 서울의 겨울만큼은 아니지만 이월의 새벽 공기가 제법 차갑다.

'다섯 시에 일어났으니 이제 다섯 시 반쯤 됐나.'

서둘러 나왔는데도 이미 제법 붉게 물든 하늘을 보니 마음이 급해진
다. 숙소를 나와 걷는 요세포프Josefov의 뒷골목은 지난밤보다 길게 늘어
진 것 같다. 발로는 걸음을 재촉하면서 동시에 긴 입김을 의식적으로
내뱉는다. 눈앞의 여명이 조금이라도 옅어지면 혹 아침이 늦춰질까 싶
어서.

블타바Vltava 강 북쪽 체흐 다리Čechův most의 중간쯤 지났을까, '빠아아앙'
하는 요란한 소리와 함께 빨간색 트램 한 대가 오른쪽 어깨 너머를 스
치고 지나갔다. 아직 도시가 모두 잠들어 있을 거라 착각하고 차도 위
를 걷고 있던 나는 요란한 아침 인사에 깜짝 놀랐다. 인도로 폴짝 뛰어
올라 고개를 돌리니 트램이 떠난 자리 너머로 강과 다리가 온통 붉은
색으로 빛나고 있다. 등 뒤, 그러니까 프라하 성 지구에는 아직 파란 어
둠이 남아 있다. 아침과 밤 사이의 섬 혹은 새로운 대륙을 발견한 나는
탐험가가 된 것 마냥 설렌다. 횡단보도 너머로 레트나 공원Letenská pláň과
연결된 올라가는 계단이 보인다.

일 년 전, 시내의 한 펍에서 만난 슬로바키아 출신의 여인에게 나는 그녀의 이름보다 먼저 이 도시 속 사랑하는 공간들을 물었다. 무례였을지도 모르지만 그것이 그녀에 대해 더 잘 알 수 있는 방법이라고 믿었다. 시끄러운 음악과 소음 속에서 그녀는 귓속말로 몇몇 지명들을 일러주다가 내가 몇 번이고 발음을 틀리니 탁자에 놓인 종이 귀퉁이를 찢어 쪽지를 만들었다. 구형 블랙베리 휴대폰의 작은 화면과 종이를 번갈아 보며 글씨를 옮겨 적는 모습이 어두운 조명 아래서 근사하게 보였다. 하지만 아쉽게도 다음날 가방이며 주머니를 다 뒤져 봐도 메모를 찾을 수 없었다. 취기가 오른 내가 어딘가 흘린 게 분명하다. 다시 연락할 방도도 없었다.

유일하게 기억해 낸 것은 쪽지 첫 번째 줄에 적힌 공원의 이름이다. 간밤에 움직이는 그녀의 손을 따라 머릿속에 적어 둔 덕분에 용케도 그 단어 하나는 남아서 서울에 돌아온 뒤에도 종종 떠올려 보곤 했다. 자꾸 생각하니 그녀가 그 공원 전망대에서 노을을 보는 것을 가장 좋아한다고 했었던 것도 같다.

새벽이라 횡단보도의 신호등은 꺼져 있고, 트램 이후로 지나는 차 한 대 없는 도로는 고요하다. 분주한 건 내 마음뿐. 아침보다 빨리 전망대에 닿으려는 욕심에 종종걸음으로 횡단보도를 건너고, 그 기세를 몰아 돌계단을 두 개씩 성큼성큼 밟는다. 입으로는 연신 가쁜 숨을 내쉬고 머리로는 혹 전망대에서 우연히 그녀를 마주치면 꺼낼 말을 상상하며 감상에 빠져 있으니 지금이 일 년 전 그날과 오늘 사이의 언젠가인 것 같다. 만약 그렇다면 이 계단은 두 여행 사이를 잇는 길이겠지.

남산 꼭대기 같은 풍경을 기대했던 것과 달리 계단 위는 나무가 무성한 공원이었다. 나보다 먼저 도착한 아침이 붉은빛 사이로 긴 나무 그림자를 뻗으며 기지개를 켜고, 부지런한 사람들이 강아지와 함께 산책을 한다. 나는 가쁜 숨을 내쉬며 분주했던 마음을 가다듬는다.

그녀가 말했던 전망대를 찾아 공원 안쪽으로 들어선다. 곧 전망대로 보이는 공터가 보인다. 딱히 표지판이나 포토존 같은 것은 없지만 왼쪽엔 송신탑으로 보이는 건축물이 있고 오른쪽으론 도시가 한눈에 내려다 보이는 것이 분명 이곳이구나 싶다. 머리 위 대략 칠팔 미터 높이에 빨랫줄처럼 길게 늘어진 줄에는 무언가 잔뜩 걸려 있는데, 자세히 보니 신발 끈으로 한 쌍씩 묶어 놓은 운동화와 구두들이다. 보나마나 신발을 던져 저 줄에 걸면 소원이나 사랑이 이뤄진다는, 그런 의미겠지.

전망대의 난간 쪽으로 다가가니 눈높이보다 낮게 펼쳐진 도시의 스카이라인은 아직 암흑에 갇혀 있다. 주황과 빨강의 중간쯤 되는 색으로 물든 하늘을 향해 첨탑 몇 개의 실루엣이 뾰족하게 솟아 있는 것이 눈에 띌 뿐. 반면에 블타바 강은 어느새 저 멀리 카렐교Karlův most 부근까지 붉게 물이 들었다. 문득 그녀와의 약속을 지킨 것 같아 으쓱해진다. 비록 그녀가 좋아한다던 노을은 아니지만, 모르긴 몰라도 오늘 여명이 그보다 못하진 않을 것이다.

어쩌면 내가 그리워하는 이는 그대가 아닐지도

여섯 시가 조금 지난 시각에 도착했으니 꽤나 부지런을 떨었는데도 전망대의 첫 손님은 내가 아니었다. 돌로 만든 전망대 난간 위에 아까부터 서 있던 두 개의 실루엣을 처음엔 조형물이라고 생각했지만 곧 주변으로 피어오른 입김으로 사람이란 것을 알았다.

두터운 니트 모자와 목도리를 두른 두 사람은 좀처럼 움직임이 없다. 오가는 대화를 알아들을 순 없지만 두터운 숄을 두른 옷차림이며 이따금 서로의 얼굴을 보는 눈빛이 그들이 그곳에 머무른 지 제법 오래됐으며, 대화가 꽤나 무르익었다는 것을 일러 준다. 저대로 밤새 이야기를 나눈 것은 아닐까. 그렇게 생각하니 새삼 그들의 뒷모습이 아침이 밝아오는 것을 기뻐한다기보단 새벽이 저무는 것을 아쉬워하는 것처럼 보인다. 만약 그렇다면 그들에게는 이 아침이 지난 하루의 끝일 테니까.

감상에 빠진 나와 두 사람 앞에 도시의 풍경이 조금씩 모습을 드러낸다. 붉은색이 옅어진 대신 아까보다 더 환히 빛나는 해는 어느새 두 사람의 실루엣 사이까지 떠오르고, 내 눈을 아득하게 만들어 둘을 하나처럼 보이게 한다. 낯설지만 분명 처음은 아닌 떨림, 지난봄 이 도시에서 다양한 '사랑의 형태'들을 보았을 때 느꼈던 감정이다. 나는 결국 참지 못하고 철 지난 사랑 이야기를 하나 꺼내 놓는다.

그날이 일요일이었는지, 어린이날이었는지는 정확히 기억나지 않지만 오월의 첫 번째 휴일이었던 것만은 확실하다. 처음으로 오후부터 데이트를 할 수 있어 기쁘다는 그녀의 메시지가 선명하게 떠오르니까.

어린이 대공원은 익숙한 곳이었지만 누군가와 함께 걷는 건 처음이었다. 종종 혼자 산책하던 길을 둘이서 걸어서인지 새삼 여기저기 덕지덕지 붙어 있는 봄소식들이 새삼스레 눈에 띄었다. 식물원 앞을 지날 땐 바람을 타고 온 알록달록한 향이 코끝을 간질였고, 야외 공연장 옆 가로수길에는 꽃비 맞는 사람들의 웃음소리가 들렸다. 놀이터엔 뛰어노는 아이들이 만든 흙먼지가 자욱했다. 그렇게 얼마나 걸었을까, 봄 풍경에 빼앗겼던 시선을 오랜만에 바닥에 내려놓다가 그녀의 발을 보고 소리 없는 웃음이 새어 나왔다. 공원에서 만나기로 해 놓고 딱딱한 구두를 신고 나온 게 신경깨나 썼구나 싶어서. 그리고 새 구두에 벌써 발뒤꿈치가 까진 나와 텔레파시라도 통했냐는 생각에.

외곽 산책로 중간쯤 있는 벤치가 내가 정한 그날 산책의 종착점이었다. 이 공원에서 가장 사랑하는 공간. 중간중간 이가 빠진 허름한 나무 벤치를 나는 그렇게 소개했다.

"사람이 없어서 몇 번 앉아 쉬었는데, 나중엔 습관처럼 이 근처만 오면 숨이 차고 다리가 아파 오는 거 있죠."

내가 먼저 벤치 끝자락에 앉았다. 그녀는 내 왼쪽에 앉아 반대 방향으로 몸을 살짝 틀고 진즉 삐딱하게 앉은 내게 등을 기댔다. 그녀는 나와 이렇게 등을 맞대고 앉아 있는 것을 좋아했다. 등에 전해지는 온기 때문일까, 아니면 기댈 존재가 필요한 걸까. 이렇게 앉을 때마다 궁금했지만 굳이 묻지는 않았다.

평소에는 인적이 드문 곳이지만 그날은 봄소풍을 나온 가족과 연인들이 연신 우리가 앉은 벤치 앞을 지나갔다. 우리는 별다른 말 없이 등을 맞댄 그대로 데이트를 즐겼다. 아이들 재잘대는 소리가 꽤나 크기도 했지만, 그렇지 않더라도 그녀와 나는 많은 대화를 나누는 편이 아니었다. 언젠가 등을 맞대고 있는 것만으로 충분하지 않냐는 말에 너 나 할 것 없이 공감한 후로는 말수가 전보다 부쩍 더 준 것 같기도 하다. 가끔 숨을 크게 쉬는 것으로 대화를 대신하고, 이따금씩 경망스레 몸을 뒤척인 뒤 함께 웃곤 했다.

"아빠가 되어 주고 싶어요. 오빠도, 삼촌도 될 수 있어요. 가장 가까운 연인으로, 둘도 없이 친한 친구로 곁에 있을게요. 내가 다 할게요. 그러니 나한테 기대요."

갑작스러운 내 말이 긴 정적을 깼다. 떠들썩하던 산책로엔 우리 둘만 남아 있었다. 늦은 오후부터 등을 대고 있었으니 말을 하기까지 꽤 오랜 시간이 걸렸다. 지금 생각해 보면 등을 돌리지 않아도 그녀가 내 말을 들을 수 있을 만큼 조용해질 때까지 그 말을 수십 번씩 속으로 되뇌며 기다렸던 것 같다.

사실 오래전부터 하고 싶은 말이었다. 몇 년 전, 아버지가 세상을 떠나

시고 곧이어 의지했던 사랑에게도 상처를 받은 뒤 마음속에 길고 어두운 동굴이 생겼다는 그녀의 고백을 듣던 날부터 쭉. 다만 좀 더 세련된 문장, 능숙한 억양으로 말하고 싶은 욕심에 차일피일 미뤘던 것인데 이렇게 주르륵 흘러내릴 줄이야. 문장은 뒤죽박죽이었고 목소리는 바르르 떨렸다. 괜한 말을 했나, 후회 어린 한숨의 울림이 그녀의 등에 부딪혀 고스란히 내게 다시 전해졌다.

그녀는 대답을 하진 않았다. 하지만 맞닿은 등의 떨림으로, 전보다 따뜻해진 등의 온기로 느낄 수 있었다. 나는 그녀를 달래는 대신 좀 더 낮게 그리고 천천히 숨을 쉬었다. 내가 몸을 돌리면 내게 더 이상 기댈 수 없으니까. 흐느낌이 잦아들고 산책로의 가로등이 전부 켜질 때까지 우리는 가만히 서로에게 기대어 있었다.

이후에도 많은 일들이 있었지만 어떤 이유에서인지 그녀와의 기억은 다른 것보다 희미하다. 확실한 건 별다르지 않게 만나고 평범하게 이별했다는 사실. 그래서 공원에서의 진심 어린 고백이 우리의 라스트 씬으로 남은 것은 내 입장에선 만족스러운 엔딩이다. 이 년 뒤 좋은 사람 만나 결혼한다는 그녀의 이메일에 축복 가득 담은 답장을 보내면서 속으로는 그녀가 그날의 내 약속을 까맣게 잊었기를 간절히 기도하는 장면이 추가됐지만, 그건 그냥 영화 끝나고 나오는 쿠키 영상 정도로 흘러 넘기련다.

해묵은 사랑의 순간, 그리고 내가 했던 가장 잔인한 약속을 고백한 레트나 공원에서의 아침이 지났지만 이후에도 프라하에서의 시간은 같은 식으로 흘렀다. 광장과 다리 위, 크고 작은 골목에서 불쑥불쑥 질문들이 튀어나왔다. 그것들은 내가 상상하던 사랑을 눈앞에 펼쳐 보이며 내 이야기를 털어놓게 만들었다. 하루에도 수십 장씩 보이는 다양한 형태의 사랑 앞에서 나는 방관자가 되어 그저 감탄하고, 사람들과 함께 환호하고 싶었다. 카렐교 위에서 한 남성이 무릎을 꿇고 반지를 꺼내 여인에게 청혼했던 순간, 나는 진심으로 그들이 내 몫의 빛까지 받아 더 반짝이길 바랐다. 잠시나마 내 세상의 주인공 자리를 기꺼이 그들에게 양보하면서. 그것만으로도 충분히 만족했다. 하지만 여지없이 하루에 몇 번은 피할 수 없는 질문과 맞닥뜨렸고 나는 털어놓아야 했다. 내가 믿는 사랑과 기다리는 사랑에 대해.

"저기 나, 방금 신기한 장면을 봤어."

지하철 역 계단을 걸어 올라오던 여인이 고개를 들더니 이내 활짝 웃는다. 계단 위에서 두 팔을 벌리고 활짝 웃는 연인을 발견한 것이다. 종종걸음으로 달려 올라간 그녀가 그에게 와락 안겼다. 호텔로 돌아가는 길에 있는 나메스티 리퍼블리키Náměstí Republiky 역 앞에서 본 장면은 내 스무번째 여름을 떠오르게 했다. 생애 단 한 번이었지만 내게 다가오는 이를 제외한 모든 것이 흑과 백으로만 보였던 오후, 무채색 세상 위에서 날갯짓하듯 하늘거린 그녀의 감색 블라우스와 개나리색 스커트에 정신이 얼떨떨해진 나는 내 생애 첫 사랑 고백을 했다. 요즘도 나는 내가 그럭저럭 괜찮은 삶을 살고 있는 증거로 그때 이야기를 한다. 무척이나 근사한 첫사랑이었다면서.

"나는 우리 사이에 이만큼의 시차가 있는 것이 좋아."

구시가 광장Staroměstské náměstí과 캄파 섬also Na Kampě 곳곳엔 서로를 의지하며 두 손을 꼭 잡은 노부부의 모습이 유난히 많았다. 서로 다른 시간을 살다 그 둘이 만나는 찰나의 순간에 서로를 놓치지 않고 꽉 붙잡은 사람들의 손이 어찌나 아름답던지. 나는 언젠가 나보다 여섯 시간 느린 세상에서 사는 이에게 했던 말을 떠올렸다. 네게 굿 나이트(Good night) 인사를 건네며 하루를 시작하고, 가장 뜨거운 오후에 네 새로운 아침을 축복하는 것이 마치 몇 발짝 앞서 걸으며 당신을 살피는 것 같아 으쓱해진다는. 그리고 언젠가 우리의 시간이 겹쳐져 함께 흐를 거라 믿는다는 말을. 하지만 아쉽게도 그녀와 나의 시간은 엇갈려 이제 다른 차원에서 흐르고 있다.

"언젠가 다시 그곳에 가면, 네게 청혼하고 싶어."

먼저 다녀온 이의 말로 '세상에서 가장 아름다운 스타벅스'가 있는 프라하 성 지구 전망대에서 나는 빛바랜 진심에 대해 털어놓아야 했다. 난간에 올라앉아 함께 도시를 내려다보는 연인의 뒷모습만 아니었어도 평생 어디 감춰 둘 참이었다. 사실 지나간 사랑에 지난 진심이 무슨 소용일까. 내 이름조차도 거짓이 되는 게 이별인데. 프라하에서 만난 그녀와의 이별은 하나뿐인 연인과 가장 친한 친구를 동시에 앗아갔지만 나 같은 사람에게도 기적이 일어날 수 있다는 믿음을 남겼다.

도시는 끊임없이 물었고, 나는 지치지 않고 답했다. 어떤 것은 고백이었

고 또 다른 것은 변명이었거나 다짐이었다. 구체적인 목표가 있었는가
하면 허황된 망상도 부지기수였다. 다행히도 그중 아프거나 슬픈 것은
하나도 없었다. 지난 이별들이 대부분 아픈 말과 모진 행동들로 치러졌
음에도, 프라하에서 떠올린 기억들은 그 깊이와 기간에 관계없이 그 사
랑이 가장 빛나던 순간들이었다. 마치 모래가 씻겨 내려간 접시 위에
남아 반짝이는 사금 가루처럼.

몇 줌 되지 않은 내 지난 사랑 타령을 모두 다 털어놓은 후에야 여행이
끝났다. 그 후로 여러 도시들을 여행했지만 프라하만큼 사랑에 대해 많
은 생각을 하게 한 곳은 없었다. 그래서 식상하지만 나 역시 다른 이들
처럼 그 도시에 낭만이라는 수식어를 붙인다.

"이곳에서 나는 사랑을 보았어요. 듣고 맡고 품에 안았어요. 당신에게
도 꼭 보여 주고 싶어요."

언젠가 사랑하는 사람이 생기고 그 사랑이 무르익으면 프라하행 티켓
을 내밀며 우리의 첫 번째 여행을 이야기할 수 있기를 꿈꾼다. 내가 사
랑에 빠진 도시는 많았지만, 누군가와 사랑에 빠지고 싶게 만든 도시
는 아직까지 그곳이 유일하니까.

어쩌면 내가 그리워하는 이는 그대가 아닐지도

어떤 여행은
고작 노래 한 곡만치 짧더라

◇◇◇◇◇◇◇◇◇◇◇◇◇◇◇◇◇◇◇◇◇◇◇◇◇◇◇◇◇◇

오키나와, 일본

○   텅 빈 백사장 방향으로 손을 뻗어 허공에 네 형상을 그리며 나는 알
았다. 나를 지탱하는 가장 넓고 오래된 감정은 그리움이라는 것을. 그것
이 설령 타고 남은 재뿐이었던 날에도, 나는 그 재 한 줌을 움켜쥐고 네
이름만 끔뻑끔뻑 부를 뿐이었다. 그때 내가 선택할 수 있는 최대한의 행
복이자, 동시에 가장 가혹한 비극이었다.

어떤 여행은 돌아온 후에도 좀처럼 끝이 나지 않는다. 유난히 잔향이
긴 향수처럼 흔적들이 남아서, 은은하게 주위를 맴돌고 이따금 손목
께에 코를 가져가 킁킁거리게 만든다. 프라하의 한적한 골목 노비 스벳
Nový Svět, 모스크바 외곽에 있는 보론초프스키 공원Воронцовский парк에 머문
건 고작해야 한 시간 남짓이지만, 오늘도 나는 그곳에서 주워 온 이야
기들을 풀어 보고 있다. 고독했던 길 끝에서 얻은 인연과 하나둘 고민
들을 던져 넣던 연못가에서 그런 꿈을. 이 년 지나 풍경은 희미해지고
기억은 사이사이가 끊어졌지만, 용케도 더러는 오히려 전보다 선명해지
기도 해서 종종 그들 중 어딘가에서 헤매고 있는 듯한 기분이 들 때가
있다. 지금의 나는 그 시절 질문들에 하나씩 답을 하며 살고 있는지도
모르겠다고.

또 어떤 여행은 찰나의 순간, 그야말로 찬란하게 빛났다가 이내 흔적도 없이 소멸해 버린다. '번쩍' 하는 섬광에 잠시 눈앞이 아득했다가 정신 차리면 언제 그랬냐는 듯 새까만 암흑인 것이 꼭 가을밤 불꽃놀이 같다. 이른 아침부터 계속된 기다림 끝에 하늘 가득한 클라이맥스를 보며 지금을 위해 하루가 존재한 것만 같다고 귓속말했던 시월 어느 날처럼 시간이 아니라 순간으로 기록되는 여행이 있다. 그리고 그런 여행은 다시 떠올릴망정 그리워지진 않는다. 그 자체로 완전한 이야기니까.

남들보다 미련이 많은 나는 대부분의 시간을 오래 붙잡아 두려 노력하는 편이다. 귀국길에 잔뜩 짊어지고 돌아오는 사진과 메모 모두 그 발버둥의 흔적이다. 하지만 그럼에도 내 의지와 상관없이 증발해 버린 여행도 있었다. 고작 노래 두 곡만큼의 짧은 시간 동안만 내게 머물다 날아갔다고 할까. 미바루 해변新原ビーチ에서의 시간은 그만큼 짧았지만, 나는 그것을 여행이라 부르는 데 망설이거나 주저하지 않는다.

"이번에 오키나와에 가게 됐어."
"드디어 마음을 먹었나 봐?"

친구의 말에 따르면 내가 꽤 오래전부터 그 섬에 가고 싶다고 했단다. 여행 이야기에 시큰둥하던 시절에도 그 섬의 이름만 나오면 눈이 반짝였다는 말에 신난 내 얼굴이 눈에 훤해서 아니라고 할 수가 없었다. 그가 몇 번 이유를 물은 적이 있었는데 내 대답은 언제나 같았다. "원래부터 가고 싶어 했어." 유추해 보자면 언제부터였는지 모를 막연한 그리움, 뭐 그런 게 아니었을까. 그저 가고 싶어 했으니 가고 싶노라고, 앞으로도 그럴 것이라고. 그게 전부였다.

진작부터 그는 멀지 않은 곳이니 다녀오라 했지만 좀처럼 기회가 닿지 않았다. 여행은 늘 남의 이야기였던 내가 여행하는 사람이 되어 들고 나기를 반복하는 동안에도 그 섬만은 늘 비껴가거나 주변만 맴맴 돌았으니 물리적인 거리나 시간의 문제가 아니었던 것은 분명하다. 겉도는 동안 열망은 점점 더 커졌지만 그리움에 익숙해진 나는 '조금 더, 조금만 더 후에'라며 남겨 두는 쪽을 택했던 것 같다. 그리움이 인간의 감정 중 가장 아름다운 것이라 생각했던 그 시절의 나라면 충분히 자연스러운 일이다.

후쿠오카福岡 공항에서 오키나와 나하那覇행 국내선 티켓을 만지작거리던 이른 아침에도 나는 설렘보다 덜컥 내려앉은 가슴 한구석을 진정시키기 바빴다. 여행을 준비하는 동안 뒷구석에 밀어 놓았던 두려움과 부담감, 귀찮음이 이륙 직전 한꺼번에 몰려오기 때문이다. 이럴 때마다 나는 스스로를 조롱하곤 한다. '이만한 겁쟁이가 세상에 또 있을까' 하고. 여기까지 와서도 아직 만날 준비가 덜 됐다는 핑계나 대고 있으니 말이다.

출국 날짜를 정한 직후부터 내가 이 섬을 그토록 그리워했던 이유를 찾기 위해 수없이 기억을 더듬어 보았지만 헛수고였다. '애초에 그런 건 없는 게 아닐까' 그렇게 생긴 조바심은 비행기가 오키나와에 가까워질수록 점점 커졌다. 청색과 백색뿐인 창밖 풍경을 보며 닳고 닳은 섬의 이름을 몇 번이나 불렀는지. 유난히 길게 느껴졌던 두 시간의 비행 끝에 비행기가 오키나와 나하 공항에 도착했다.

공항에서 가까운 나하 시내에 짐을 풀고 나서 내가 한 일들은 모두 이 섬을 향한 내 그리움의 이유를 찾는 데 목적이 있었다. 골목 하나, 맥주 한 잔까지 전부. 하루는 떠들썩한 국제 거리에서, 또 하루는 숲과 골목에서 나를 여기로 이끈 메아리의 시작점을 찾았다. 서울의 한여름 같은 오월의 더위 아래 내 모습이 흡사 길을 잃은 사람처럼 보였을 것이다. 섬이 '류쿠국琉球國'으로 엄연한 독립국의 지위를 갖던 시절의 기록을 볼 수 있다는 말에 슈리성首里城에 잠시 다녀오긴 했지만 그 외엔 딱히 여행이랄 것 없는 시간이 흘렀다.

두 번째 밤, 업무 일정을 맞춰 나와 동행한 지인과 시끌벅적한 포장마차촌 입구에 있는 가게에서 만났다. 만 하루만의 재회였지만 그간 길을 잃고 섬을 헤맨 탓인지 꽤나 반가웠다. 낮은 나무 탁자를 사이에 두고 이어진 식사 시간 내내 내 표정을 살피던 그가 규슈 사람 특유의 조심스러운 투로 걱정의 말을 건넨 건 양쪽 모두 취기가 올랐을 때였다.

"김 상은 이곳이 별로 마음에 들지 않는 것 같아."

나는 손목을 들어 시계를 본 뒤 그에게 웃음을 지으며 농을 던졌다. 이야기를 털어놓기에는 너무 늦은 시간이었다.

"아무래도 내 기대가 너무 컸나 봐."

그와 헤어진 뒤 나는 시내와 떨어진 동네, 낡은 시골 여관방을 연상시키는 호텔 방에서 혼자 맥주 한 캔을 더 마시고 침대에 누웠다. 때가 끼어 불투명에 가까워진 안쪽 창까지 꼭 걸어 잠그고 잠을 청했다. 작은 조명과 소음까지 그날은 그 섬의 모든 것이 원망스러웠다.

어쩌면 내가 그리워하는 이는 그대가 아닐지도

다음날, 변덕스러운 섬 날씨가 아침부터 세차게 비를 퍼붓는 바람에 점심이 다 돼서야 숙소를 나섰다. 젖어 있는 바닥이 아니었다면 착각을 했나 싶을 만큼 오후 날씨는 화창했다. 그리고 호텔 앞엔 미소를 띤 남자가 네모난 일본식 자동차와 함께 서 있었다. 간밤에 내가 마음에 걸렸던 그가 다음날 서울로 돌아가기로 한 내게 선뜻 그의 오후를 떼어주기로 한 것이다.

나하 시를 벗어나 섬 남쪽, 해안 도로를 달리는 차창 밖 풍경은 청량하고 여유로웠다. 코발트블루색의 벽에 흰 페인트를 흩뿌리면 저렇지 않을까 싶은 하늘이 아득히 멀게만 보여서 한참을 그쪽을 향해 달렸다. 잠시 후 그가 차를 세운 곳은 허름한 주차장. 사실 잡초가 무성한 것이 주차장이라고 하기 뭣한 마을 어귀 공터였다.

몇 발짝 앞서 가는 그의 뒷모습 너머 스러져 가는 건물 잔해, 족히 십 미터는 돼 보이는 커다란 바위가 보였다. 우리는 그 사이에 있는 해변으로 가는 중이었다. 슬쩍 보이는 것은 무엇이든 활짝 열어젖힌 것보다 매력적이기 마련이라 한 발 한 발 모래에 빠진 발을 들어 올리며 걷던 나는 조금씩 안달이 났고, 걸음은 자연스레 빨라졌다. 이윽고 바위를 지나 텅 빈 해변이 시야를 가득 채우는 위치까지 들어섰을 땐 나도 모르게 가슴을 한껏 열어 벅찬 숨을 들이마셨다. 이름 그대로의 파란색 하늘, 내 쪽으로 가까울수록 색이 옅어지는 미색 백사장과 투명에 가까운 바다가 꼭 그림 속 장면 같아서. 다시 크게 숨을 내쉬려던 찰나, 나는 비명이 터져 나오려는 것을 가까스로 참았다. 텅 빈 백사장을 보니 생각났다. 내가 찾던 것이. 아스라이 그 모습이 보이는 것처럼 생생하게.

어쩌면 내가 그리워하는 이는 그대가 아닌지도

"너와 이 영화에 대해 대화하고 싶어."

불쑥 DVD를 내미는 그녀의 눈은 반짝이고 있었다. 그걸 보고도 '어떤 영화길래'라며 툴툴댈 수는 없는 노릇이었다.

그날 저녁 식사 후 플레이어에 DVD를 넣고 영화의 인트로 화면을 볼 때까지만 해도 나는 감상문 숙제를 앞둔 학생 같은 심정이었지만, 얼마 지나지 않아 이야기에 흠뻑 빠져들었다.

> "에마絵馬에 쓰여 있는 기원문이 진심이라면 저를 당신의 아내로 받아주시겠어요?"
> _영화 〈카후를 기다리며カフ―を待ちわびて〉(2009)

작은 섬마을에 사는 청년 아키오는 모처럼 방문한 육지의 신사에서 소원 하나를 에마絵馬● 에 적는다. '제게 시집을 오지 않으시겠습니까? 행복하게 해 드리겠습니다.' 그리고 얼마 후 사치(幸)라는 여인이 거짓말처럼 아키오의 잡화점에 나타난다. 사람들은 이구동성으로 그에게 행복이 찾아왔다고 말한다(알고 보니 사치(幸)의 한자 幸는 행복이라는 뜻의 코오(幸)이기도 하다). 두 사람이 차근차근 서로의 삶에 녹아 들어 치유하고 또 치유받는 장면들이 섬마을을 배경으로 펼쳐졌다.

영화를 보는 동안 몇 번이나 내 가슴을 죄고 풀었던 두 사람의 순수함도 좋았지만, 그에 못지않게 나를 사로잡은 것은 영화 속 풍경이었다.

● 소원 따위를 적는 나무판.

특히 소박하고 깨끗한 해변에서 사치가 아키오의 머리를 잘라 주는 장면이 마음에 크게 남았다.

다음날 나는 DVD를 건네며 그녀에게 이렇게 답했다.

"우리가 함께 섬에 살면 어떨 것 같아? 네가 해변에서 내 머리를 잘라 준다면 나는 평생 우스꽝스러운 모습으로 살 수 있을 것 같은데. 어쩌면 육지보다 나을지도 모르겠다. 네가 쉽게 내게서 도망가지 못할 테니까."
"그래, 나는 네가 그렇게 말해 주길 바랐어."

그녀의 입술이 실룩거렸다. 기분이 좋을 때 나오는 버릇이다. 제 생각대로 내가 반응한 것에 한껏 고무된 그녀는 탁자 위 차가 식을 때까지 한 모금도 입에 대지 않고 영화에 대한 감상을 늘어놓았다. 인상적인 장면들, 마음에 남은 대사, 주인공의 생김새 그리고 그 영화의 배경인 섬의 이름까지. 그 재잘거림을 보는 것이 마냥 좋았던 나는 중간중간 고개를 끄덕이거나 "맞아", "나도"라고 짧게 맞장구를 치며 얘기가 끝나지 않도록 유도했다. 나중 이야기지만 그날 이후 나는 한동안 이상형을 묻는 사람들의 질문에 몇 번 그날의 그녀 모습을 떠올리며 묘사했던 적이 있다. 동그랗게 커진 눈에 신이 나 빨라진 목소리, 가끔씩 테이블을 쾅 내려치며 각오를 다지는 듯 앙다문 입.

"어쩌면, 만약에, 아니 정말로 우리가 함께 살게 되면 배경은 꼭 그 섬이어야 해. 반드시!"
"그럼 지금부터 머리를 자르지 말아야 하나."

말은 그렇게 했지만 그날 둘은 아마 같은 생각을 했을 것이다. 영화는 영화일 뿐이고, 우리는 지금 함께 꿈을 꾸는 것으로 만족해야 한다는 걸.

주인을 잃고 앙금처럼 가라앉아 있던 애틋함이 반짝이며 빛나더니 곧 사라졌다. 마치 불꽃놀이처럼 짧고 강렬하게. 사흘 전, 오키나와행 비행기를 탄 아침부터 이어진 답답함과 조바심, 그보다 훨씬 더 오래된 먹먹함도 그와 함께 증발했다. 평소의 나였다면 여운에 사로잡혀 그대로 좀 더 해변에 머물렀을 텐데, 그날 나는 되도록 빨리 시내로 돌아가 이 섬을 좀 더 둘러보고 싶어졌다. 눈부신 미바루 해변의 풍경을 뒤로하고 떠나기 전, 마지막으로 뒤를 돌아 낮은 소리로 불렀다. 한동안 그 철자 하나만 떠올려도 몸통이 요동치고 속이 울렁거려 떠올리지 못했던 당신. 이제야 조금 편안히 한 자씩 떠듬떠듬 불러보는 이름을.

"당신의 이름이 들어갈 공간은 비워 뒀어요. 빈칸은 다음에 함께 와서 채우세요."

목걸이를 조심스레 내 손바닥 위에 올리며 그가 말했다. 무척 상냥한 목소리였다. 나하 시 국제 거리 안쪽, 스물네 걸음이면 끝까지 갈 수 있다고 하여 24보 도로라 이름 붙여진 작은 골목을 지나다 발견한 잡화점 하마키치HAMAKICHI를 둘러보던 중 마음에 쏙 들어 구입한 것이다. 네 개와 다섯 개의 사각형이 연달아 교차하는 이 문양에 인연이 영원히 이어지기를 바라는 섬사람들의 맘씨가 담겨 있다는 그의 말에 깜빡 넘어갔다. 손톱만 한 펜던트를 뒤집어 보니 오늘 날짜 그리고 내 이름이 삐뚤빼뚤 새겨져 있었다. 그 아래엔 이름 하나 들어갈 만큼의 공간이 비어 있었다. 나는 대답 대신 그를 바라보고 빙긋 웃었다.

'고마워, 나머지는 모두 두고 갈게.'

나하 공항으로 가는 셔틀버스에서 노란 포장지를 손에 쥔 채 첫날처럼 흐린 풍경에 작별 인사를 건넸다. 대상은 한때 사랑했던 이였고, 그 시절의 나였으며, 어린 날의 꿈이었다. 마음 한구석을 빼곡히 채운 내 그리움들 중 한 권이 그렇게 끝을 맺었다.

약속해,
언젠가 우리 꼭 다시 함께 오기로

<<<<<<<<<<<<<<<<<<<<<<<<<<<<<<<<<

로마, 이탈리아

O   사람들의 서약은 빵껍질이다.

_윌리엄 셰익스피어

.

아침부터 내린 비가 그치자 곳곳에서 고대 제국의 형적들이 아지랑이
처럼 피어올랐다. 안개와 우산에 가려 보이지 않았던 건축물과 조각상
이 하나씩 고개를 들어 한때 영원을 이야기했던 제국의 위용을 과시하
기 시작했다. 나는 이제 막 제 모습을 갖춘 로마 나보나 광장Piazza Navona
한복판에서 그 힘을 온몸으로 실감하는 중이었다. 한눈에 다 담기 벅
찬 산타녜세 인 아고네 교회Chiesa di Sant'Agnese in Agone를 올려다보고 있으니
그 고압적인 분위기에 다리가 약하게 후들거렸다.

빗방울을 맞으며 로마 테르미니 역Stazione Termini 플랫폼을 걸어 나올 때부
터 불과 몇 분 전까지 빗속의 도시는 줄곧 실망감만을 안겼다. "소문난
잔치에 먹을 것 없다더니"라는 말이 절로 나왔다. 하지만 구름 걷힌 하
늘 아래 로마는 완전히 다른 세상이었다. 암막이 걷힘과 동시에 화려한
춤과 노래가 시작되는 뮤지컬처럼 나는 실망감을 훌훌 벗어 발끝으로
차 내고 골목과 광장 위를 뛰어다녔다. 스페인 광장Piazza di Spagna에서 시
작해 포폴로 광장Piazza del Popolo을 지나 나보나 광장으로, 그렇게 가속도가

붙은 걸음과 환호성이 판테온Pantheon 그리고 포로 로마노Foro Romano까지 이어졌다. 되도록 한 곳을 진득하게 느끼고 싶어 하는 평소의 나답지 않은 속도였지만, 걷다 보면 오 분 또는 십 분에 하나씩 학창 시절 교과서에서 봤던 유적지들이 '발견되는' 바람에 도무지 중간에 멈출 방도가 없었다.

후에 한 말이지만 로마는 내게 세계 최고의 테마 파크였다. 그 수를 다 셀 수 없는 로마 제국의 건축물과 유적들이 도시 전역에 고루 퍼져 있고, 그들을 잇는 거리와 바닥의 문양, 그리고 깨진 벽 조각까지 예사롭지 않았다. 음식 역시 환상적이었다. 매 끼니마다 내가 사랑하는 파스타와 피자를 먹고 식사 후에는 집집마다 다른 매력의 젤라토를 찾아다녔다. 거기에 평소 동경하던 이태리 남성 슈트까지 쇼윈도마다 즐비했다. 나는 되도록 유명 관광지는 피하자는 주의지만 로마 그리고 이탈리아만큼은 '죽기 전에 꼭 가 봐야 할 곳'으로 꼽는 것을 주저하지 않는다. 종일 신경을 곤두서게 하는 소매치기만 잘 피한다면.

그날의 하이라이트는 트레비 분수Fontana di Trevi였다. 비 때문에 난 심통이 구름과 함께 걷힌 후 그녀는 내게 로마 곳곳을 소개할 생각에 잔뜩 들떴는지 연신 내 손을 끌어당기며 걸음을 재촉했다. 이래 봬도 세 번째 로마 방문이라며 광장과 신전, 성당들에 대한 설명을 하나하나 재잘대는 모습이 어찌나 듬직하던지. 그리고 마치 이 시간이 될 때까지 아껴 놓았다는 듯 하루 중 가장 오묘한 빛이 떨어지는 오후 다섯 시에 나를 트레비 분수 앞에 끌어다 놓았다. 상기된 복숭앗빛 햇살을 머금은 로마 최고最古이자 최고最高의 분수는 꼭 이 세상의 것이 아닌 것 같이 신비로운 색으로 반짝였다. 비가 씻어 내린 후의 깨끗한 대기에 내 감각들도 살아났는지 벽면 조각상의 질감과 분수에서 나는 물 비린내, 꼭 쥔 그녀의 온기가 하나하나 느껴졌다. 곧 귀를 찌르는 사람들의 목소리가 그 모든 것을 덮어버렸지만.

트레비 분수를 마주하자마자 생각난 것이 있다. 인터넷 커뮤니티에서 본 '유명 관광지의 현실.jpg'이라는 게시물이다. 영화나 드라마에선 아름답고 여유롭게만 보이는 곳이 실제로는 사람 뒤통수만 보인다는 내용이었다. 트레비 분수 역시 영화 〈로마의 휴일Roman Holiday〉(1955) 속 호젓한 낭만과 다르다는 것을 금방 알 수 있었다. 오후의 빛과 분수에 빼앗겼던 시선은 이내 엄청난 인파로 채워졌고, 바닥이 보이지 않을 만큼 많은 사람들의 머리와 온갖 언어가 난무하는 소음에 정신이 아찔해졌다. 토요일이라 사람이 더 많은가 봐, 라고 내가 말하니 그녀가 거든다. 십칠 개월간의 보수 공사가 얼마 전에 끝났다고.

우리가 대화를 나누는 와중에도 끊임없이 밀어닥치는 사람들 때문에 제자리에 서 있기도 여의치 않았지만 이대로 지나치기엔 눈앞의 장면이 아깝다는 생각이 들었다. 사람들의 모습을 한 명씩, 한 쌍씩 관찰하며 우리가 이 혼란에 되도록 빨리 적응하기를 기다리기로 했다.

가장 흔한 풍경은 역시나 사람들의 사진 찍는 모습이다. 스마트폰 든 손을 쭉 뻗어 자신과 분수가 화면에 함께 담기도록 셀피를 촬영하는 금발 여성, 사람들 사이를 비집고 들어가 두 사람의 소중한 순간을 담는 데 열중인 연인, 오늘을 위해 맞췄는지 다 같이 동그란 선글라스를 쓰고 뻣뻣한 포즈로 단체 사진을 찍는 중국인 가족까지. 다른 유명 관광지와 다른 것이 있다면 분수 난간에 앉은 사람들의 행동이다. 물을 등진 채 무언가를 뒤로 던지고 곧장 뒤를 돌아보는 모습이 단체로 배운 것처럼 똑같다. 언젠가 들은 적이 있다. 저렇게 하면 뭔가가 이뤄진다고 했던가.

"동전을 던지는 횟수가 중요해."

그녀의 설명에 따르면 분수에 동전을 한 번 던지면 다시 로마로 돌아오게 되고, 두 번 던지면 평생의 인연을 만나게 된다고 한다. 세 번 던지면 그 인연과 이별을 하게 된다나. 마지막은 분명 나 같은 심술쟁이가 뒤늦게 끼워 넣었을 것이다. 그 말에 분수 바닥을 다시 보니 조금 전까지 물이 반짝인다 생각했던 것이 실은 그 안에 잠긴 동전들에 빛이 반사된 것이었다. 까치발을 하고 속을 들여다보니 그 양이 상상 이상이었다. 내가 온 후로도 소망을 담은 동전들이 수천 개는 던져졌을 테니 매일 건져 가지 않으면 금세 물이 넘칠지도 모르겠다고 생각했다.

"그거 알아? 여기 일 년 수입이 이십 억이래."
"정말? 수입으로도 세계 최고의 분수구나."

첫 로마 여행에서 동전을 던진 덕에 지금 이렇게 오게 됐다며 우쭐해하는 그녀의 표정을 보고 나도 해 볼까 싶다가도 앞을 막은 인파에 엄두가 나지 않았다. 오후가 아직 좀 남았으니 인파가 걷히기를 좀 더 기다려 보기로 했다. 결국 헛된 기대였지만.

이제 막 두 번째 동전을 던진 한 여인이 사진을 찍어 주던 연인에게 다가가 안기고, 뒤이어 입을 맞췄다. '아마도 내 평생의 인연은 너야'라는 의미, 아니면 '어머, 동전을 던지자마자 찾았네. 내 평생의 인연!'이라는 깜찍한 애교였겠지. 그들에게 두 번째 동전은 소망이 아니라 약속이었을 것이다. 사실 둘은 종종 그 경계가 모호할 때가 있지 않던가.

여행을 하며 알게 된 것 중 하나는 세상엔 생각보다 많은 약속의 장소들이 있다는 사실이다. 내가 사랑하는 도시 체코 프라하의 카렐교Karlův most에는 연인이 손을 잡고 끝까지 함께 걸으면 영원히 아름다운 사랑으로 남는다는 속설이 있다. 그 외에도 많은 이야기들이 오백 미터가 조금 넘는 다리 위에 가득한데, 네포무크의 성 요한Sanctus Ioannes Nepomucenus 청동상의 발을 만지면 소원이 이뤄지고, 그 옆의 충견을 쓰다듬으면 다시 프라하에 오게 된단다. 그 옆에는 네포무크와 왕비 소피아가 강물로 떨어지는 모습이 새겨진 부조가 하나 더 있는데, 거기엔 마음속 비밀을 영원히 들키지 않게 하는 능력이 있다고 한다. 그 외에도 또 무슨 능력들이 그리 많은지 다리 위 동상들은 죄다 사람들의 손길로 칠이 벗겨지고 겉면이 반질반질하다. 여기서 끝이 아니다. 프라하 성 지구가 보이는 다리 동편의 철제 펜스에는 연인들의 이름이 적힌 자물쇠들이 걸려 있다. 사실 사랑을 맹세하는 자물쇠는 굳이 멀리 갈 것도 없이 남산 N 타워만 가도 원 없이 볼 수 있다. 얼마 전에 가니 아예 자물쇠로 잎이 무성한 철제 나무가 몇 그루나 서 있었다.

남산의 상징처럼 되어 버린 '자물쇠 맹세'의 기원은 프랑스 파리인데, 이탈리아 소설가 페데리코 모치아Federico Moccia의 《난 널 원해Ho Voglia Di Te》 속 연인이 센 강의 퐁 데 자르Pont des arts에서 자물쇠를 걸고 열쇠를 강에 던지는 장면을 사람들이 따라 하면서 전 세계로 퍼져 나갔다고 한다. 아쉽게도 얼마 전 파리 시가 다리의 안전을 위협하는 자물쇠를 철거하고 다시 달 수 없도록 막아 버려서 이제 옛날이야기가 됐다고. 내 주변에도 퐁 데 자르의 자물쇠가 버킷리스트인 사람들이 꽤 있었는데 말이다.

시월의 은행나무 길처럼 온갖 소망들이 쌓여 있고 그 위로 또 다른 소망이 쏟아지는 광경을 보고 있노라면 저 중에 이뤄지는 소원, 사랑은 얼마나 될까 궁금해진다. 매일같이 트레비 분수에서 동전을 수거하고 주기적으로 남산의 자물쇠들을 수거해 가는 것처럼 사람들의 마음도 그렇게 결국 사라지고 지워지지 않을까, 하고. 어쩌면 우리는 자물쇠는 물론 그 약속도 영원할 수 없다는 것을 너무나도 잘 알기에 어딘가에 적고 매달며 스스로를 위로하는 것인지도 모르겠다. 조금이라도 더 근사한 서약을 위해 긴 여정을 마다하지 않고. 그래서인지 세계 곳곳에 새로운 약속의 성지들이 전보다 더 빠른 속도로 생기고 있다.

어쩌면 내가 그리워하는 이는 그대가 아닐지도

"우리 여기 완공되는 해에 함께 오자."

스페인 바르셀로나의 사그라다 파밀리아Sagrada Família 성당 정문을 나서며
내가 했던 말이다. 물론 성당이 완공될 때까지는 십 년이란 시간이 더
남아 있었지만. 조금 전 성당에 들어서는 순간 양쪽 스테인드 글라스
로 쏟아지는 빛에 매료되고 말았다. 가지를 길게 뻗은 듯한 기둥의 아
름다움에는 감탄 너머 이유 모를 우울감까지 느꼈다. 양쪽으로 빛을 비
추는 스테인드 글라스는 낮과 밤의 시간을, 곧게 뻗은 기둥은 람블라
거리La Rambla의 플라타너스 나무를 표현했다는 설명을 듣고는 완전히 사
랑에 빠져 버렸다. 억제되지 않는 감정들에 취해 나도 모르게 십 년 후
를 약속한 것이다. 그동안 여기서 나와 토씨 하나까지 똑같은 말을 한
이가 남산의 자물쇠를 모두 합친 것보다도 훨씬 더 많겠지만 나 역시
진심이었다.

파멜라 메이어는 그녀의 책《속임수의 심리학Liespotting: proven techniques to detect
deception》에서 인간이 매일 많게는 이백 번 가까이 거짓말을 한다고 했다.
그렇다면 하루에 하는 약속의 수는 몇 번이나 될까. 당장 오늘 점심때
까지의 말과 행동만 떠올려 봐도 그 수가 거짓말보다 크게 뒤질 것 같
진 않다. 게다가 요즘은 인터넷과 SNS로 더 많은 약속들을 보다 많은
사람들에게 할 수 있게 됐다. 그리고 그럴수록 약속의 무게는 전보다
가벼워지는 것 같다. 하긴, 뭐든지 많고 흔해지면 그 가치가 떨어지기
마련이다.

일전에 지인에게 이성을 소개받아 2주 뒤로 첫 만남을 약속한 적이 있

다. 그 사이에 해외 출장이 있었는데, 연락을 하기 어려울 테니 괜히 점수만 까먹기보단 만나서 제대로 대화를 해 보자는 뜻이었다. 하지만 약속 장소에 그녀는 나오지 않았다. 친구에게 물으니 그날까지 연락을 하지 않은 내 잘못이 더 크단다. 또 다른 친구는 얼마 전 여자 친구에게 헤어지자는 의미로 삼 개월의 시간을 갖자고 했단다. 이해가 되지 않는다고 하니 내가 구닥다리란다. 어려운 현대식 언어들을 해석하느라 끙끙대다 보니 새삼 그 혼잡에도 굴하지 않고 트레비 분수 앞에서 턱시도와 드레스 차림으로 웨딩 촬영을 하던 커플이 말도 못 하게 대단해 보였다. 그들도 트레비 분수에 동전을 던진 적이 있을까? 물어볼 걸 그랬다.

바르셀로나에서 감히 십 년을 약속했던 그녀와 헤어지던 날, 나는 큰 봉투 하나를 받았다. 그 안에는 그동안 내가 썼던 편지들이 들어 있었다. 다음 날 동이 틀 때까지 노란색 봉투 안에 든 편지들을 모두 읽은 뒤 나는 한동안 거기 적힌 약속들의 무게에 짓눌려 지내야만 했다. 아직도 내게 약속의 무게는 별로 줄어든 것 같지 않다.

이별 후 한동안 이어진 불면의 밤을 버티는 데 철 지난 영화들이, 가슴에 콕콕 박히는 영화 속 약속들에 대해 생각하는 것이 꽤 도움이 됐다. 〈비포 선라이즈Before Sunrise〉(1995)의 엔딩 크레디트가 올라가는 동안 나는 셀린과 제시가 틀림없이 육 개월 후 비엔나에서 만났을 것이라 믿었지만 〈비포 선셋Before Sunset〉(2004)에서 밝혀진 그날의 결과는 내 기대와는 동떨어져 있었다. 〈냉정과 열정 사이冷静と情熱のあいだ〉(2001)의 준세이와 아오이, 〈노트북Notebook〉(2004)의 노아와 앨리는 결국 약속을 지켰다. 그 결말이 아름답다는 데에는 이견이 없지만 여전히 나는 어쩔 수 없다는 말로 다른 사랑을 선택한 여주인공의 진심이 의문스럽다. 차라리 〈립반윙클의 신부リップヴァンウィンクルの花嫁〉(2016)의 '함께 죽을 수 있어요'라는 나나미와 마시로의 엇나간 약속이 내겐 진짜에 더 가깝달까.

"어쩌면 약속이 지켜지는 것 자체는 그리 중요하지 않을지도 몰라." 그것이 실연과 불면의 밤이 어느새 구닥다리가 된 내게 건넨 위로였다. 아마도 영원을 이야기하고 성공을 꿈꾸는 그 순간의 진심으로 충분하다는 뜻이었겠지. 그렇게 생각하니 어디에라도 자물쇠 하나쯤 걸어 보고 싶은 마음이 생겼다.

분수에 동전을 던지고 일 년쯤 지난 어느 날, 나는 로마 테르미니 역에서 그날처럼 택시를 기다리고 있었다. 로마 시내로 향하는 차 안에서 구름 한 점 없이 화창한 풍경을 보고 있으니 '그날 던진 동전이 효과가 있었네'라는 혼잣말이 절로 나왔다. 재회의 감격을 누군가와 함께 나누면 좋겠지만, 옆자리를 보니 바르셀로나에서의 약속이 타고 남은 휑한 빈자리뿐이었다.

오랜만에 트레비 분수를 마주하며 문득 스크린을 통해 내 이야기를 관객들이 보고 있다면 내게 어떤 말을 하고 싶어 할지 궁금해졌다. 약속을 지키지 못한 나를 탓할까, 지켜지지 못한 것을 아쉬워할까, 아니면 차라리 잘됐다고 할까.

"뭐, 어느 쪽이든 상관없잖아."

결론이 나지 않는 고민 대신 나는 다시 분수에 동전을 던지기로 했다. 물론 이번엔 두 개다.

어쩌면 내가 그리워하는 이는 그대가 아닐지도

무엇이 그리도 그리워서
여행하고 있나요

바르셀로나, 스페인

○ 인생을 하루에 비유한다면 당신과 내가 맞닿아 있던 시간은 늦은 아침 햇살에 눈 찡긋할 정도의 찰나에 지나지 않았어. 하지만 그 잔향이 사라졌을 때 내 시간은 어느새 정오가 훌쩍 지나 있었다고, 나는 그렇게 종종 그 짧은 연을 돌아보곤 해. 그리워하곤 해.

다섯 번째 계절, 늦은 오후에
카탈루냐 광장에서

안녕, 오늘도 너를 봤어. 어제에 이어 벌써 두 번째야. 내 키보다 몇 배나 긴 그림자가 발아래로 늘어지던 시각, 주홍빛 노을이 불어오는 방향에 서 있던 네 모습은 실루엣뿐이었지만 풍성하게 곱슬거리는 머리칼이 역광에 오히려 한 올 한 올 더 선명하게 보여 한눈에 알아보았지.

어제는 람블라스 거리의 어느 골목에서 네 뒷모습을 발견하고는 나도 모르게 뒤를 따라 걸었어. 걸을수록 좁혀지기는커녕 점점 더 멀어지는 네가 사람들 속으로 사라질 때까지 몇 개의 골목을 헤맸을까. 정신을 차려보니 오후는 저물고, 나는 비슷비슷한 골목들 사이에서 길을 잃었지.

오늘도 네게 다가가거나 말을 걸진 않았어. 그저 광장을 한 바퀴 크게 둘러보며 가슴 내려앉는 한숨만 몇 번 길게 내쉬었을 뿐. 네 뒷모습이 사라지고 해마저 저문 광장에 나는 아직 머물러 있어.

내일도 너를 볼 수 있을까, 아니 보게 될까. 만약 그런다면 나는 내일도 아무것도 못하고 낯선 도시와 익숙한 기억 사이의 어딘가를 맴맴 돌기만 할 텐데. 이 도시에선 유독 네 모습이 자주 보여. 종종 들리고 맡아져. 가끔은 함께 걷는 것 같기도 해. 아닌 걸 알면서도 자꾸 너라고 부르는 이유야.

글자들의 부피 때문인지 몇 달 사이 수첩이 눈에 띄게 두꺼워졌다. 감정의 무게 탓인지 자리를 털고 일어나기가 쉽지 않다. 가는 길에 괜찮은 식당이 눈에 띄면 들어갈 요량으로 숙소가 있는 광장 북쪽 골목으로 향했다. 시간은 열 시가 가까웠지만 하루 네댓 끼를 먹는 열정적인 카탈란Catalan● 들에겐 이제 막 초저녁이 됐을 뿐이다. 식당마다 한창 저녁 식사 중인 사람들로 빈자리가 없어서 몇 군데를 돌아다닌 뒤에야 작은 타파스 가게의 구석 바Bar 좌석 하나를 겨우 차지했다. 바게트 빵에 하몽을 올린 타파스와 치킨 꼬치를 주문하고 로컬 맥주 모리츠Moritz를 한 모금 크게 들이켜니 쌉싸름한 맛에 카탈루냐 광장에서의 감상은 방금 깬 꿈이 됐다.

고래고래 소리지르는 취객들의 목소리와 문을 통해 들어오는 자동차, 오토바이의 소음으로 시끌벅적한 펍에서, 막 나온 타파스 하나를 물고 가방에서 수첩을 꺼냈다. 지난 여행에서부터 쓰던 녹색 수첩에는 드문드문 이어 적고 있는 한 사람을 위한 편지 혹은 일기가 적혀 있다. 무언가 더 적을 것이 없을까 펜을 굴려 보다가, 맨 앞 장을 펼쳐 본다. 거기엔 다신 떠올리지 않겠다던 다짐이 무너진 순간과 내 혼란이 고스란히 담겨 있었다.

어쩌면 내가 그리워하는 이는 그대가 아닐지도

네 번째 계절, 이른 아침에
동중국해 어디쯤의 하늘 위에서

인생이란 게 참 뻔하지. 그래서 재미있기도 해.

짧은 여행이 끝난 후 나는 다시 내 세상에 돌아왔고, 전과 크게 다르지 않은 일상을 살았어. 마치 한바탕 달콤한 겨울밤 단꿈에서 깬 것처럼 말야. 네 개뿐인 계절은 금방 한 바퀴를 돌았고, 너무나 당연하게도 나는 그 여행을 조금씩 잊어갔어. 가끔 마음속에서 묵직한 것이 좌우로 데구루루 구르며 나를 휘청이게 했지만 그것이 널 향한 그리움은 분명 아니었을 거야. 돌아오는 비행기에서 다짐했거든. 누구도 그리워하지 않기로.

그렇게 한동안 잊고 지낸, 아니 꾹꾹 눌러 담고 애써 외면했던 그 목소리와 억양이 결국 다시 떠올랐으니 뻔하고 또 재미있다고 할 수밖에. 그것도 마치 어제 일인 것처럼 선명하게. 이륙을 앞둔 타이베이행 비행기에서 손등으로 턱을 괴고 창밖만 봤던 내가 어떤 생각을 했는지는 잘 기억나지 않아. 오늘 내 기억은 펜을 빌릴 수 있겠느냐며 손을 내민 옆자리 노부인의 얼굴을 마주 보던 순간부터 시작해. 널 꼭 닮은 그녀의 얼굴이, 꽃다발처럼 풍성한 곱슬머리가 지난 세 개의 계절을 순식간에 무용지물로 만들어 버렸으니까.

비행은 이제 막 시작됐어. 의자 하나를 사이에 두고 옆에 앉은 그녀는 뜨개질을 하고 있어. 자꾸만 곁눈질로 옆얼굴을 훔쳐보는 나는 말도 안

되는 착각에 빠져 있어. 어쩌면 네가 시간을 달려 한때 내가 몹시도 그
리던 우리의 미래에 먼저 도착해 있는 것이 아닐까, 하고.

네 번째 계절, 하루와 하루의 경계에

아직 낯선 도시 타이베이에서

"내일 우리가 다시 만날 수 있을까."

나도 모르게 내뱉은, 기도 비슷한 혼잣말에 네가 '물론'이라고 답하자 속마음을 들킨 듯 놀란 나는 그저 내일 봐, 라고 얼버무릴 수밖에 없었어. 매서운 밤공기에 빨갛게 볼이 얼어 있던 게 다행이었지. 너를 태운 택시가 시야에서 사라진 후로도, 그리고 잠이 들 때까지 계속 가슴이 두근거렸던 건 고백 후의 떨림이었을까 아니면 내 마음속 뜨거운 것들의 요동이었을까. 확실한 건, 너는 모든 게 낯선 도시에서 내게 생긴 첫 번째 그리움이었어. 다음날 아침, 창밖이 밝기만을 기다리다 네게 전화를 걸어 말했지. '물론'이라고 했던 네 목소리와 억양이 자꾸만 듣고 싶어진다고.

함께 있는 동안 나는 입버릇처럼 말했지, 믿을 수 없는 일이라고. 우리가 어깨를 맞대고 있다는 것이, 내가 말을 하고 네가 고개를 끄덕인다는 것이. 때때로 조금 가까웠던 적도 있었겠지만 너와 내 세상 사이에는 늘 육천칠백 킬로미터의 거리, 여섯 시간의 시차가 있었으니까. 그 사실이 곁에 있는 너를 종종 현실과 비현실 사이의 존재로 보이게 했어. 내 큰 두 손으로도 다 움켜쥘 수 없을 만큼 풍성했던 고동색 머리칼은 차라리 환상에 가까웠지. 너는 그것이 마음에 들지 않는다고 했지만, 나는 꼭 만개한 안개꽃 다발 같아 좋았어. 그 꽃 뭉치가 걸음에, 바람에 살랑일 때면 나는 겨울도, 돌아가야 할 곳도 잊곤 했으니까. 그때부터였을까, 사랑보다 그리움이 생을 더 빛나게 한다고 생각했던 게.

그게 시작이었다. 타이베이행 비행기에서 그녀와 닮은 생김새의 여인을 본 후 나는 종종 낯선 도시에서 종종 안개꽃 다발을 닮은 뒷모습을, 한쪽 덧니가 드러난 미소를 발견하고 있다. 봄의 광장에서는 제 계절을 만난 듯 우아하게 찰랑이는 움직임으로, 여름 해변에서는 햇살을 받아 눈부시게 반짝이는 빛으로 걸음을 멈추게 했다. 가을철 카페테라스의 의자 위로 쏟아진 어떤 이의 머리칼을 봤을 땐 먹먹한 기분이 들기도 했다. 여행의 수만큼, 아니 그보다 더 많이 이뤄진 우연한 만남 혹은 고대했던 재회. 그때마다 나는 이렇게 수첩에 드문드문 긴 답장을 이어 적고 있다. 결국 보내지도 못할 것을 알면서도. 타파스 바에서 나는 오랜만에 다시 그날의 감정들을 읽으며 몇 잔의 맥주를 더 마셨다.

정수리가 따끔거릴 만큼 따가운 햇살, 더도 덜도 없는 정직한 파란색으로 펴 발라진 바다. 다음 날 오후, 버스를 타고 도착한 바르셀로나 포트 벨의 오후는 풍요라는 단어가 무척 잘 어울렸다. 신경 써서 챙겨 입은 파란색 스웨터와 흰색 팬츠도 마음에 들었지만 벌써 등허리가 축축한 걸 보니 역시 욕심이 과했나 싶다. 그래도 몇 발짝 앞에 지중해가 펼쳐진 항구에서, 운 좋게 대여섯 명쯤 너끈히 앉을 수 있는 긴 벤치를 독차지하니 다른 건 아무래도 좋다는 생각이 든다. 주변에는 웃통을 벗고 태닝을 하는 사내들이 즐비하다.

더 바랄 것이 없다며 고개를 뒤로 젖히니 바다에서 하늘, 파랑에서 파
랑으로 자연스레 이어지는 것이 바다와 하늘 사이 모호한 경계에 잠겨
있는 듯 기분이 묘하다. 눈을 감고 긴 한숨을 몇 번 던졌더니 기억의 바
닷속에 있던 문장 하나가 힘차게 낚여 올라온다. 언젠가 그녀가 했던
말이 왠지 질문처럼 들린다.

"태양 없는 계절을 사는 것은 힘든 일이야."

다섯 번째 계절, 하루 중 가장 환한 시각에

포트 벨(Port Vell)에서

그 겨울 가장 추웠던 수요일에 열린 둘만의 크리스마스 파티는 뭐라고 해야 할까. 내 인생에 다시 없을 순간, 아니 더 벅찬 단어나 수식어가 없을까. 내 모든 겨울의 요약본이라고 해 두자.

스탈린의 밤을 배경으로 우리는 함께 노래를 듣고 와인을 마셨지. 내가 있는 항구의 바닷바람은 그날 와인에 곁들인 절인 올리브의 짠내와 토마토의 축축함을 떠오르게 해. 왠지 나른해지는 기분이야. 취기가 올라오는 것처럼.

샤데이Sade의 'By your side' 후렴구를 함께 부를 때가 절정이었을 거야. 나는 소파 팔걸이에 비스듬히 기대고, 너는 날 보며 노래했지. 반쯤 걷힌 커튼 사이로 펼쳐진 야경이 겨울 그리고 크리스마스와 더없이 잘 어울렸지만, 내 눈의 초점은 줄곧 창에 비친 네게 있었어. 너는 몰랐겠지만.

풍요로운 항구에서 우리의 파티를 추억하는 건, 함께 있는 동안 간절했던 온기가 이곳에는 넘쳐 나는 것에 대한 야속함 때문일까. 나는 너 하나만으로 충분하다 생각했지만, 이제 와 생각하면 우리에겐 부족한 것이 많았던 것 같아.

어쩌면 내가 그리워하는 이는 그대가 아닐지도

바르셀로나에서의 마지막 밤, 아쉬움을 털어내는 걸음을 묵묵히 받아내는 거리에는 아직 뜨거운 오후의 열기가 은근하게 남아 있다. 진한 남색과 선명한 주황색이 정확히 반씩 나눠 가진 길 건너 야경은 밤이라기엔 너무 환해서 마치 짙은 군청색으로 오후가 이어지고 있나 싶을 정도다. 돌아보니 어둠마저 환한 도시 덕분에 나 역시 오후처럼 뜨거울 수 있었던 것 같다. 그래서 유난히 이별이 더 아쉬운지도.

'이 도시는 언제까지고 오후로 기억되지 않을까. 시에스타 직후, 아직은 뜨거운 오후 세 시 무렵 풍경으로.'

숙소 앞을 몇 차례 왕복하며 밤거리 속을 걷다 인적 드문 골목길 벤치에 앉았다. 적당한 밝기의 가로등 불빛이 스포트라이트처럼 내리고 반대편에 적당한 크기의 나무 그림자가 드리워 만드는 분위기가 이곳을 찾기 위해 여태 헤맨 것이라 하고 싶을 정도로 멋진 곳이었다. 무엇보다 오직 이별에 대해서만 생각하며 긴 답장을 마무리할 수 있을 만큼의 고요가 마음에 들었다. 녹색 수첩을 꺼낸다. 마지막 인사를 떼기가 쉽지 않다.

다섯 번째 계절, 하루와 하루의 경계에

오후의 도시 바르셀로나에서

"여행을 떠나고 싶어, 다른 세상으로."

네 마지막 말을 기억해. 매서운 겨울밤과 대비돼 더 포근하게 느껴졌던 카페와 더운 공기 위에 근사하게 퍼진 음악까지도. 함께하겠노라는 대답뿐이었던 내게 너는 알 수 없는 미소를 지었어. 어쩌면 너는 내가 묻기를 바랐는지도 모르지, 네가 그리는 세상에 대해.

몇 번의 계절이 지나 그 말을 다시 떠올렸을 때, 나는 여행을 하고 있었어. 그리고 낯선 도시의 광장과 거리, 해변 위에서 어김없이 널 닮은 모습을 마주했어. 그 형상들을 주워 담으며 다음, 또 그다음 여행을 계속했어. 놀라운 일이지. 몹시도 찾고 싶던 네 말 속의 세상이 어느새 내 꿈이 됐으니 말야.

유난히 네 형상과 소리, 향기가 많았던 이 도시라면 홀가분하게 네 세상과 이별할 수 있을 것 같아. 이 답장을 끝으로 이제는 내가 원하는 세상을 찾아보려 해. 네가 알려준 방법으로. 아주 긴 여행이 되겠지만, 언젠가 닿을 수 있을 거라 믿어.

안녕.

TAIPEI TAIWAN
JEJU REPUBLIC OF KOREA
MOSCOW RUSSIA
HONG KONG
GIBRALTAR UNITED KINGDOM

3장

어쩌면
조금 더 휘청여야
할지도

당신의 그 미숙함이
어찌나 아름답던지요

×××××××××××××××××××××××××××××××

타이베이, 대만

○   따지고 보면 처음이 아닌 하루가 어디 있으며, 능숙하기만 한 여행이
어디 있겠어. 같은 도시를 몇 번이고 다시 찾아도 이야기는 매번 새로운
데. 장소에 익숙해지고, 시간에 능숙해지면 그것을 더 이상 여행이라 부
르지 않잖아. 일상 아니면 일이라고 하지. 적어도 여행 그리고 인생에선
미숙함의 반대말이 익숙함 혹은 능숙함은 아닐 거야.

주말 외식 그리고 가족 여행. 두 단어는 우리 가족에겐 늘 남 이야기였
다. "얘들아, 배고파도 조금만 참아." 사정이 좋지 않았던 부모님은 가끔
교외 나들이를 하는 날에도 집에 돌아와서 밥을 먹는 쪽을 선택하셨
다. 그때마다 "사 먹는 밥은 비싸기만 하고 맛없어"라는 말을 덧붙이셨
다. 고속도로 휴게소의 군것질거리들에 대한 기억도 내겐 입맛만 다셨
던 아쉬움으로 남아 있다. 그런 우리 가족도 일 년에 한두 번 외식을 할
때가 있었는데 장소는 대부분 아버지가 좋아하시는 동네 돼지갈빗집이
었다. 네 식구가 철제 원통에 둘러앉아 말없이 고기가 익기만을 기다리
는 그 시간이 얼마나 행복하던지. 불판의 열기와 자욱한 연기, 달콤한
향이 아직도 선하다. 하지만 행복한 외식의 시간은 너무 짧았고, 고기
는 늘 부족했다. 식구 수는 넷이지만 어머니는 언제나 갈비 삼 인분을
주문하셨다. 그 시절 나는 그 이유가 늘 궁금했다.

휴일도 없이 가게 일에 매달린 부모님께 한여름 피서 역시 쉽지 않은 일이었으리라. 여름 방학마다 지리산 자락에 있는 외가에서 사나흘 지내다 온 것이 내 기억 속 가족 여행의 전부다. 산과 개울, 참외밭, 폐교까지 없는 게 없었던 그 시간을 나는 무척 좋아했지만 육학년 되던 해, 밭일을 하시던 외할아버지가 쓰러지시면서 지난 이야기가 되어 버렸다. 세상에 개학을 반기는 아이가 어디 있겠냐마는, 나는 특히나 여름 방학 후의 개학식 날을 싫어했다. 까맣게 탄 얼굴로 친구들이 늘어놓는 여름휴가 이야기를 듣는 게 흥미진진하긴 해도, 그 끝엔 결국 심통만 한가득 생기니까. 하지만 그것도 다 한때라서, 사춘기가 끝난 후로는 자연스럽게 우리 가족의 방식을 받아들이게 됐다.

이십 년쯤 지난 요즘에는 그래도 한두 달에 한 번씩은 식구들이 모여 바깥 밥을 먹으니 그 사이 제법 큰 변화가 일어난 셈이다. 근사한 식당이 아니더라도 퇴근길에 식구들이 모여 저녁을 먹고, 동네 카페에서 차를 마시고 귀가하는 평범한 시간, 하지만 나는 아직 이런 모임이 익숙하지 않아서인지 늘 생일이나 눈먼 돈 같은 핑계를 대며 모임 약속을 잡는다. 그날은 생일 선물로 받은 아이스크림 쿠폰의 유효 기간이 며칠 남지 않았다는 이유로 엄마와 동생, 그리고 내가 모였다. 동생이 결혼한 후로는 네 식구가 모두 모이기가 쉽지 않다.

내 얼굴만 한 아이스크림 통을 앞에 놓고 엄마와 동생은 반찬 걱정부터 사위 험담, 손주 욕심 등 지난번과 같은 주제로 이야기를 나눴다. 어느새 통 속 내용물은 반쯤 녹아 뒤엉켜서 무슨 맛인지 알 수 없게 됐다. 급기야 내가 없는 것처럼 아예 마주 보고 대화를 나누는 두 여인을 가만히 바라보면서 나는 괜히 목이 답답하고 가슴께가 간지러워졌다. '이게 그렇게 어려운 일이었다니.' 벌써 스무 번은 넘게 반복됐는데도 좀처럼 무뎌지지 않는 감정이다.

반면 그녀들은 이런 모임이 이제 익숙한지 수다만으로도 앉은자리에서 한두 시간은 금방 보낸다. 그러다 보면 일상으로 시작된 이야기가 어느새 시간을 한참 거슬러 올라가 있다. 엄마가 살면서 가장 행복했다고 하는 나와 동생의 어린 시절, 짐작하건대 1980년대 후반으로. 하지만 추억에 젖어 있는 엄마와 달리 남매의 화제는 '엄마에게 혼난 칠백여덟 가지 이유'다. 어찌나 다양한 이유로 많이 혼났는지, 삼십 년이 지난 오늘도 새로운 이야기가 튀어나온다.

동생의 기억 속 오빠는 매일같이 엄마에게 빗자루 몽둥이로 맞고 있거나 그게 아니면 부엌문 옆에서 무릎 꿇고 두 손을 들고 있단다. 남매의 기억이 정확히 일치하는 부분이다. 어렸을 적 집을 떠올리면 늘 마루 구석에 부러진 손잡이를 청색 테이프로 감은 빗자루가 놓여 있다.

"우리 둘이 잠 안 자고 웃고 떠든다고 혼나고, 시장에서 뛰어 논다고 엉덩이 맞고 그랬지."
"나는 밥 많이 먹는다고 혼나기도 했는데 뭐."
"야, 그래도 너는 케첩 통으로 맞아본 적은 없잖아."

남매의 구체적인 추궁에 엄마는 처음엔 언제 그랬냐, 그럴 리가 없다고 발뺌을 하시다, 나중에는 다른 엄마들도 다 그런다며 진화에 나서셨다. 머리가 큰 남매가 지지 않고 기억 속 억울함들을 꺼내 놓으니 그제야 머쓱한 웃음을 지으신다.

"엄마가 정말 그랬니?"

그 말에 웃음이 터진 셋은 한참을 눈물이 나도록 깔깔댔다. 매번 같은 순서지만 터지는 웃음을 참을 수가 없다.

엄마 말을 듣지 않거나 몰래 오락실에 간 것을 들켜 혼나기도 했지만, 가끔 장난감 블록으로 방을 어지럽힌 것과 늦은 밤까지 잠자리에서 동생과 시시덕거렸다는 이유로 화를 내는 엄마를 그때는 다른 엄마들보다 괴팍한 사람이라고 생각했었다. 그것이 스물 갓 넘은 나이에 작은 단칸방에서 네 식구 생활을 챙기며 시작된 엄마의 깊은 우울감 때문이었다는 것을 이해하게 된 건 아주 오랜 시간이 지난 뒤였다. 그날 엄마의 옆모습을 보며 했던 혼잣말을 잊을 수 없다.

"차라리 평생 괴팍한 엄마로 남아 있지 그랬어."

세 식구의 웃음소리가 사그라든 후 엄마가 웃느라 빨개진 눈 주위를 닦으며 한 마디를 더 얹으셨다.

"아유— 미안해. 엄마도 엄마는 처음 돼 보는 거였으니까, 뭘 어떻게 해야 할지 몰랐어."

그 후로도 우리는 한참을 더 이야기를 나눴고, 아홉 시가 넘어서야 자리에서 일어났다. 동생이 버스를 타고 간 뒤 엄마와 함께 집 방향으로 걷는 동안 나는 마음 깊이 박힌 엄마의 문장을 곱씹었다. 그 후 그 문장은 내가 자신을 탓하며 한숨 쉴 때마다 어떻게 알았는지 불쑥불쑥 튀어나오곤 했다.

"도대체가 마음처럼 되는 일이 하나 없네!"

자정이 가까워서야 숙소가 있는 타이베이 메인 역에 도착한 나는 소리
라도 빽 지르고 싶은 심정이었다. 벌써 이곳에 온 지 나흘이 지났지만
오락가락하는 비에 아직 해는 구경 한 번 못한 데다, 기대했던 지우펀九
份에서 아쉬움뿐인 하루를 보낸 직후였다. 미야자키 하야오가 〈센과 치
히로의 행방불명千と千尋の神隠し〉(2001)의 배경을 만들 때 영감을 얻었다
는 지우펀 홍등가에서 하룻밤을 보낸 뒤 안개 자욱한 아침 풍경을 볼
기대로 경비도 두둑이 챙겼건만, 종일 쏟아진 폭우와 우산 행렬에 휩쓸
려 발만 동동 구르다 돌아왔다. 설상가상 시장 골목 돌부리에 부딪힌
정강이는 퉁퉁 부어 욱신거렸다. 종일 비를 맞아서인지 몸까지 으슬으
슬했다.

대만 타이베이에서 머문 일주일 동안 낯선 도시에서의 내 서투름이 어
느 때보다 적나라하게 드러났다. 오죽했으면 '열차 시간을 제외하면 예
상대로 된 것이 하나도 없었어'라고 했을까. 대보름 시즌에 열리는 타이
완 등 축제를 보러 타오위안桃園행 HSR 열차를 탔는데, 경비 아낀답시
고 입석 티켓을 사고 왕복 티켓 값보다 많은 거스름돈을 판매기에 두고
온 것을 뒤늦게 알기도 했다. 그 외에도 일 년 전 여행에서부터 써 온 아
끼는 수첩을 비행기에 두고 내린 일이나 비를 맞아 먹통이 된 카메라,
지하실 같았던 창문 없는 호텔방, 내내 달고 다닌 몸살 기운까지 크고
작은 해프닝이 이어졌다.

'그래, 살면서 세상이 내 마음을 읽고 있는 것처럼 순조롭게 진행되는

일이 뭐 얼마나 있었다고. 게다가 배경이 낯선 도시니 그 확률이 훨씬 낮은 게 당연하지.'

한동안 날씨 탓을 하다가 나중엔 내 실수를 원망하기도 했지만 중간 중간 꺼내 곱씹은 엄마의 문장이 얼마나 큰 힘이 되던지. 다음 날 아침, 아침이 온 듯 만 듯한 하늘을 보니 오늘도 화창한 날씨를 기대하긴 글렀다 싶지만 기차 여행엔 이것도 그런대로 낭만이 있다며 루이팡瑞芳 역으로 향할 수 있던 것도 분명 그 덕분이었을 게다.

허름한 시골 기차 핑시平溪선은 대만을 느리게, 동시에 느긋하게 여행할 수 있는 방법이다. 루이팡 역에서 출발해 다섯 개 역을 지나는데 동네마다 다른 이야기를 품고 있는 것이 매력적이다. 사람보다 고양이가 많다는 고양이 마을 허우퉁侯硐, 천등 날리기로 유명한 스펀十分, 여덟 개의 동굴과 근사한 전망으로 사랑받는 핑시平溪, 마을 곳곳에 소원이 적힌 대나무 통이 걸려 있는 징통菁桐까지 한 곳씩 둘러보면 마치 거대한 테마파크에 와 있는 듯한 기분이 든다. 한 시간에 한 번 오는 열차를 타고 잠깐씩 둘러보거나 한 곳에 원하는 만큼 머무르는 여행법 중 어느 것을 선택해도 후회가 없다.

네 곳 중 가장 유명한 곳을 꼽으면 역시 스펀이다. 정월 대보름에 열리는 핑시천등제平溪天燈節를 2013년 미국 디스커버리 채널이 세계 최고의 축제 중 하나로 꼽은 후 신베이新北 시의 작은 마을이 세계적으로 유명해졌다. 이제는 축제 기간이 아니더라도 스펀 옛 거리 기찻길 위에서 천등에 소망을 담아 날리는 사람들로 동네가 늘 붐빈다. 특히 한국 관광객이 많아서, 내가 간 날도 강원도 정선 어디쯤인가 싶을 만큼 익숙한 글자와 소리가 많았다.

열차가 스펀 역에 도착하자 안에 있던 사람들이 모조리 쏟아져 나왔다. 비가 잠시 그치고 자욱한 안개가 작고 낡은 기차역 주변을 덮었지만 기찻길 주위로 몰려든 사람들과 쉴 새 없이 날아오르는 천등들로 스펀 옛 거리는 활기가 넘쳤다. 그 둘의 대비가 마음에 들었던 나는 혼자 풍등을 날려 보는 대신 그 분위기와 표정을 보며 다음 열차를 기다리기로 했다.

몇 발짝 거리를 두고 스펀 옛 거리 철길과 그 주변으로 빼곡하게 늘어선 상점의 시간을 가만히 보고 있으면, 사는 것이 천등 날리기와 비슷하다는 생각이 든다. 어느새 손가락을 하나씩 접으며 둘의 공통점을 찾고 있는 나를 발견한다. 한국어 간판을 단 후로 매출이 크게 올랐다는 천등 상점 '가용엄마 천등'에서 200타이완 달러, 우리 돈으로 칠팔천 원을 내면 네 면의 색이 각기 다른 천등을 받을 수 있다. 간혹 욕심부리는 사람도 있지만 대부분 하나의 천등을 자신과 일행의 몫으로 얻는다. 그 다음으로 해야 할 것은 두 가지, 꿈을 적는 것과 하늘로 날리는 것이다.

가게 안팎에 모인 사람들은 자신들의 메시지를 적는 데 여념이 없다. 몸통만 한 천을 테이블에 올려놓거나 집게로 행거에 걸고, 아니면 아예 바닥에 놓고 주저앉아 네 면에 각자의 소망들을 빈 공간 없이 가득 채우는데, 서툰 붓질로 적은 글씨들의 모양이며 크기가 제각각이다. 간혹 비를 맞거나 물이 묻어 번지고 흐려지기도 한다. 나이와 성별에 관계없이 처음 경험하는 천등 날리기에 모두가 서툴다. 그것이 무척이나 공평

하다는 생각이 든다.

원 없이 글씨를 적었지만 혼자서 천등을 날리기란 쉽지 않다. 하지만 주변을 두리번거리고 있으면 어디선가 그들을 도와줄 사람이 나타난다. 더 많은 손님을 받기 위해서겠지만 숙련된 직원들이 위치 선정부터 카운트다운, 사진 촬영까지 천등을 날리는 모든 과정을 함께한 덕분에 사람들은 자신의 천등이 날아오를 것이라는 것을 믿을 수 있다. 소망들이 이뤄지길 바라는 기도에 집중할 수 있다.

천등이 날아오르기 위해 필요한 것은 다름 아닌 열기다. 펼친 등 아래 불이 붙은 뭉치를 달면 더운 공기가 천 안을 채워 팽팽해진다. 그리고 카운트다운이 끝나는 순간 손을 놓으면 그대로 하늘로 날아오른다. 적은 글씨들이 크든 작든, 비뚤든 가지런하든 간에 모든 천등은 똑같이 하늘을 난다. 글씨가 크다고, 가지런하다고 남들보다 먼저 하늘로 올라가는 것도 아니고, 작고 비뚠 글씨로 적은 소망이라고 날지 못하는 법도 없다. 적어도 내가 있는 동안 날지 못한 천등은 하나도 없었다. 어느새 크고 작은 점들로 회색 하늘 위를 수놓은 천등들을 보면 하늘로 날아오르는 데 필요한 건 능숙한 붓글씨 솜씨나 불 붙이는 기술이 아니라는 것을 깨닫게 된다. 그렇게 생각하니 곧 어디론가 처박힐 천 조각이지만 잠시나마 날아오르는 모습이 꽤나 감동적이어서 나는 다음, 그다음 열차를 그냥 보내고 기찻길 위에서 꿈의 비상, 그리고 미숙(未熟)의 미(美)를 만끽했다.

평시선의 종착역인 징통에서 루이팡으로 돌아가는 기차를 탄 것은 오후 네 시. 텅 빈 기차에 앉아 차창 모양으로 잘린 바깥 풍경이 마치 밀착 인화 후의 필름을 보는 것 같았다. 비에 젖은 그렁그렁한 감정이 고여 괜스레 더 감상에 빠진 것 같기도 하다. 빠르게 눈 앞을 지나는 프레임을 바라보며 어린 시절 갈비 삼 인분의 이유만큼 궁금한 것이 생긴 걸 보면.

'서툴지 않은 여행이 있을까? 있다면 그것을 사랑할 수 있을까?'

여행은 그 안에 미숙함이나 서투름 같은 풋내 가득한 의미들을 품고 있기에 누구에게나 아름답다. 삐뚤빼뚤 적힌 꿈을 안고 날아오른 천등을 보는 사람들의 표정은 이미 그들이 품은 소망의 절반쯤 이뤄진 듯 행복에 차 있었던 것처럼. 여행을 삶으로 바꿔도 등식은 변함없이 성립할 것이다. 나는 엄마가 되는 것도, 아이들을 키우며 겪는 일도 모두 처음이라 어찌해야 할지 몰랐다는 엄마의 말을 통해 그것을 확인했다.

인생에 익숙한 이는 아무도 없다. 능숙해질 수 없다는 것을 인정하는 것만으로도 생의 무게는 훨씬 가벼워진다. 그동안 인생의 여러 '처음'들 앞에서 미숙함과 서투름을 실패의 다른 이름으로 여기며 어리숙하게 보일까 두려워했던 내게 스펀에서의 짧은 오후는 긴 위로로 남았다. 어떤 형태든 모든 삶은 날아오를 수 있다는 희망도 함께.

타이베이에서의 마지막 날, 나는 단수이淡水 위런마터우漁人碼頭에서 노을을 기다리며 오후를 보냈다. 아침 늦게 창문 없는 호텔방을 나와 공용 화장실로 향하는 슬리퍼의 발등에 낯선 빛이 비치는 것을 확인하고 한달음에 로비로 달려가니 14층 통유리 창 너머 하늘이 구름 한 점 없이 깨끗했다. 대만에 온 지 일주일 만에 처음 보는 햇빛이었다. 칫솔을 물고 몇 초를 멍하니 서 있던 나는 서둘러 채비를 하고 빨간색 단수이 선 MRT를 탔다. 폭우에 헛걸음을 돌렸던 첫날 오후에 대한 보상이기도 했지만, 여행의 라스트 씬으로 노을만 한 것이 있겠냐는 생각 때문이었다. 단수이 역에서 버스를 타고 삼사십 분을 달려 위런마터우에 도착하고, 해안가를 따라 이어진 긴 산책로를 걸어 작은 등대에 도착할 때까지 낮은 콧노래가 이어졌다. 모처럼 화창한 날씨에 산책로는 소풍 나온 사람들로 북적였다.

어쩌면, 조금 더 휘청여야 할지도

바다가 잘 보이는 나무 바닥에 자리를 잡고 노을을 기다린 지 두 시간
쯤 되었을까, 남겨진 오후의 빛과 노을이 뒤엉켜 하늘이 옅은 보랏빛으
로 물들었다. 나무 바닥의 삐걱삐걱 소리가 뜸해졌길래 뒤돌아보니 역
시나 다들 가던 길을 멈추고 장관을 감상 중이다. 그 후로도 하늘이 시
시각각 구름을 뿌리고 거두고 뭉치기를 반복하며 오늘 오후, 아니 지난
일주일의 기다림이 아깝지 않을 만큼 근사한 공연을 펼쳤다.

대만에서의 처음이자 마지막 노을을 보며 지난 일주일의 시간을 돌아
보았다. 감상에 빠져 이 순간이 이토록 감격적인 건 긴 기다림 덕분이라
고 혼잣말을 했다가 얼른 고개를 저었다. 그 순간에 나를 웃게 만드는
것은 눈 앞의 멋진 풍경이 아니라 실수하고 고민하고 한숨 쉬었던 지난
장면들이라는 걸 알았기 때문이다.

노을이 보랏빛으로 진해지자 엄마 생각이 났다. 보라색 코스모스 앞에
서 소녀처럼 수줍게 지으시는 미소, 내겐 처음부터 엄마였던 그녀의 미
숙함에 대한 고백이 떠올랐다. 그땐 간지러워서 말하지 못했지만 엄마
의 그 문장은 내가 들은 어떤 것보다 멋진 문장이었다.
입버릇처럼 하셨던 "공부할 때 고통은 잠깐이지만, 못 배운 후회는 평
생 간다"는 말, 흔해빠진 욜로라는 단어보다 몇 백 배는 더.

나는 결국 또
도망쳐 버렸다

제주, 대한민국

○   섬은 늘 가만히 나를 품어 주었다. 바다를 건너온 이에게 깃든 사연이
궁금할 만도 한데 섬은 그저 끌어안고 있을 뿐이었다. 내가 이만하면 됐다
하면, 그제야 마주 보고 내게 싱긋 웃어 주었다. 그 섬은 내게 위로였다.

좁지도 넓지도 않은 평범한 골목길 중간쯤에 있는 적당히 낡은 상가 건
물. 양복점과 전파사, 서로 어울리지 않는 두 가게가 나란히 서 있다. 왼
쪽 양복점의 이름은 '세진 양복'. 생긴 지 일이 년쯤 됐지만 손님이 뜸한
데다(난 한 번도 손님이 들어가거나 나오는 모습을 본 적이 없다). 안을
볼 수 없도록 문에 있는 유리까지 꼼꼼히 막은 탓에, 동네 꼬마들 사이
에선 양복점 안에서 무언가 비밀스러운 일들이 벌어지고 있다는 소문
이 파다했다. 24시간 내내 조명이 켜져 있는 쇼윈도에서 두터운 어깨를
으스대는 감색 줄무늬 양복 마이(재킷)가 개점 이래 한 번도 바뀌지 않
았다는 것이 그 증거였다.

그 오른편에 있는, 외관상 양복점보다 두 배쯤 넓은 전파사의 이름은
'소라 전기'. 내가 기억하는 첫 번째 우리 집이다. 속을 알 수 없는 양복
점과는 반대로 아버지의 전파사는 통유리 목재 진열대에 늘어선 중고
테레비(그땐 다들 TV를 이렇게 불렀다)와 카세트 라디오, 선풍기는 물

어쩌면, 조금 더 휘청여야 할지도

론 그 사이로 내부가 훤히 보이는 개방적인 곳이었다. 게다가 고장 난 가전제품을 고치러 온 사람들과 건전지, 형광등 따위를 사러 온 사람들로 가게는 제법 붐비는 편에 속했다.

커튼 하나로 집과 분리된 가게에서 아버지는 식사 시간을 제외한 하루 대부분을 보내셨다. 나는 이런저런 이유로 하루 네댓 번 아버지를 찾았는데, 주로 "아빠, 식사하세요"나 "야구 시작할 시간이에요"와 같은 알림을 전하기 위해서였다. 아버지를 부르며 커튼을 젖히면 어김없이 녹과 기름때가 묻은 책상에서 배 가른 테레비, 목 부러진 선풍기와 씨름 중인 뒷모습이 보였다. 작은 스탠드 불빛에 비친 아버지의 어깨선과 고장 난 테레비의 빈 채널에서 흘러나오는 백색소음은 그 시절 내게 가장 든든하고 편안한 풍경이었다.

하나뿐인 방을 부모님은 나와 세 살 어린 여동생의 침실로 양보하셨다. 원래 방이 두 개인 집이지만 하나는 집주인이 갓 상경한 이십 대 청년에게 사글세를 줬다고. 복도를 문으로 막고 출입구도 따로 나 있어서 그 형을 마주친 적은 없었다. 대개 열 시쯤, 남매가 잠든 것을 확인한 후에야 부모님은 거실에 이불을 펴고 주무셨는데, 후에 어머니께 듣기로는 이전에 살던 집에선 꼭 그만한 거실 겸 안방에서 네 식구가 뒤엉켜 잤단다. 지금의 세진 양복 자리에 살았던, 내 가장 오랜 기억보다도 앞선 이야기다. 이사 후에도 건물 뒤편의 재래식 공용 화장실을 그대로 사용했고, 잠자리 역시 넉넉지 못했지만 단칸방 신세를 벗어난 것만으로도 이제 막 서른이 된 아버지와 스물여섯 어머니에게는 눈물 나는 성공이었을 것이다.

가게와 집이 붙어 있는 곳이 대부분 그렇듯 우리 집 역시 급히 형광등과 퓨즈가 필요한 사람들이 이른 아침, 늦은 밤에 문을 쾅쾅 두드리기 일쑤였지만, 네 식구가 24시간 함께할 수 있던 그 집에서 나와 동생은 충분한 사랑을 받으며 유아기와 유년기를 보냈다. 동그란 밥상에 네 식구가 둘러앉은 거실 겸 안방에서, 불 꺼진 남매의 방 문틈 사이로, 웃음소리가 끊이지 않았던 그 집은 여전히 내 기억 속 가장 포근한 '홈 스위트 홈'이다.

방은 하나뿐이었지만 우리 집에는 특별한 공간이 많았다. 돌바닥으로 된 부엌에는 돌계단으로 연결된 지하실이 있었는데, 족히 내 키의 절반은 되는 듯한 높은 계단과 전등 하나 없이 칠흑처럼 어두운 입구가 내겐 늘 공포의 대상이었다. 그 집에 사는 팔 년간 나는 한 번도 지하실에 내려가지 않았던 것은 물론, 부엌에 혼자 있을 때는 늘 등을 돌리고 있었다. 나머지 한 곳은 남매의 방 안에 숨겨져 있었는데, 벽 중간에 있는 입구의 겉면을 벽지로 꼼꼼히 발라 언뜻 보면 벽처럼 보였다. 하지만 그럴듯한 위장에도 다섯 살이었던 나는 이미 그곳의 정체를 알고 있었다. 비록 까치발을 하고 손을 뻗어야 겨우 닿을 만큼 손잡이가 높아서 문이라도 한 번 열려면 문과 벽 틈 사이에 손톱을 끼워 넣고 한참을 낑낑대야 했지만.

이전까지 누구도 다락방에 올라가는 모습을 본 적이 없었던 나는 그곳을 나만의 비밀 공간이라고 철석같이 믿었다. 그리고 동네 소문난 삐돌이답게(분명 엄마가 낸 소문일 게다). 엄마에게 혼이 나거나 토라졌을 때마다 세상에서 잠시 사라지는 방법으로 다락방을 선택했다. 책상 의

자를 밟아야 겨우 첫 번째 계단에 발을 올릴 수 있었지만 다락방에 올라 문까지 꼭 닫고 나면 느껴지는 달콤한 해방감에 웃음이 절로 나오곤 했다. 다섯 살짜리가 허리를 펼 수 없을 만큼 낮은 천장, 오래된 목재와 철 지난 이불에서 나는 퀴퀴한 냄새 역시 내 세상만의 것이라 생각하니 안락하게 느껴졌다.

그 시절 어느 집에나 있었던 빨간색 바탕에 새 자수가 놓인 솜이불을 절반은 바닥에 깔고 나머지 절반을 덮고 누워 가만히 천장 벽지를 보는 것이 그 시절 내 '현실 도피'의 방법이었다. 그러다 심심해지면 다락방에 있는 것들을 가지고 놀았는데, 창고로 쓰던 다락방에는 구석구석 신기한 것들이 가득했다. 나는 유행 지난 캐릭터 인형을 기차 모양 연필깎이 위에 태우고 풀색 모포 위를 횡단시키거나 크고 작은 고무 다라이(대야)를 두드리며 노래를 불렀다. 다락방에는 시계가 없어서 정확히 알 수는 없었지만 놀이가 지루해질 때쯤이면 어김없이 내 이름을 부르는 엄마의 목소리가 들렸다(당시 내 참을성을 봐선 오래 지나진 않았을 것이다). 내 이름이 다섯 번 불릴 때까지 기다린 후 못 이긴 척 계단을 내려가곤 했는데, 그때마다 거실엔 갓 지은 밥상이 차려져 있었다. 자줏빛 접이식 나무상에 놓인 쌀밥과 김치 그리고 지금도 내가 가장 좋아하는 감자채 볶음을 보면 어느새 삐죽거리던 입이 쏙 들어갔다. 무엇 때문에 토라졌는지는 이미 잊은 지 오래다.

국민학교에 입학한 후 나는 전처럼 다락방을 찾지 않게 됐다. 방과 후엔 매일같이 같은 반 친구들과 '피구왕 통키' 놀이를 했고, 집에선 아버지가 큰맘 먹고 사 주신 패미컴 게임기에 푹 빠져 있었던 탓이다. 하지만 변함없이 다락방은 우리 집에서 내가 가장 좋아하는 공간이었다. 이제 의자 없이도 계단에 오를 수 있을 만큼 키가 자랐으니, 언제라도 갈 수 있었다. 그럴 줄 알았다.

내가 중학교에 입학하던 해, 우리 가족은 새 집으로 이사를 했다. 걸어서 오 분쯤 걸리는 옆 동네였으니 이번엔 제법 멀리 이주한 셈이다. 2층짜리 가정집의 1층에 세를 들고, 아버지는 따로 상가를 빌려 다시 '소라전기'를 여셨다. 새 집은 이전 집과는 완전히 달랐다. 우리 가족만 쓰는 수세식 화장실이 있었고, 부엌에 가기 위해 슬리퍼를 신을 필요도 없었다. 무엇보다 우리 가족은 처음으로 각자의 방을 갖게 됐다. 부모님에게는 또 한 번의 성공이었다. 하지만 나는 처음 생긴 내 방을 좋아하지 않았다. 아마 그때쯤 찾아온, 어머니의 말을 빌리자면 '지겹게 미운 사춘기' 때문이었을까. 온 얼굴을 뒤덮은 여드름만큼 고민과 불만이 가득했던 시절. 누구나 겪는 외모, 성적, 연애 등에 대한 고민과 비관으로 종종 어딘가에 숨고 싶은 충동을 느낀 나를 그 방은 위로해 주지 못했다. 말수가 점점 줄었고 집에선 늘 방문을 잠그고 있었다. 새 집에선 전처럼 웃음소리가 들리지 않았다.

삼 년 후, 고등학교 입학식 날 지금 살고 있는 집으로 이사를 했다. 이곳에서 스무 살과 서른을 맞았다. 시간은 빠르게 흘렀고, 청춘은 이전보다 더 자주 위로를 갈구했지만 그때마다 나는 발만 동동 구를 뿐이었다. 어느새 나는 한때 내게 특별한 공간이 있었던 것조차 까맣게 잊게 됐다.

서른 살이 되던 해, 삼월의 두 번째 토요일. 김포 공항으로 향하는 버스 안의 나는 지쳐 있었다. 살면서 그때만큼 지쳐 있었던 적은 없었던 것 같다. 지난밤 제주행 아침 비행기표를 끊고 그 길로 곧장 짐을 꾸려 나온 길이었다. 짐이라야 '남쪽이니 서울보다 날이 따뜻하겠지'라며 티셔츠 몇 장 구겨 넣은 것이 전부였다.

이십 대를 함께 보내다시피 한 선배의 갑작스러운 죽음은 내게 먹먹함이란 단어로 설명이 불가능한 묵직한 감정, 그리고 쉬 끝이 보이지 않는 불면의 밤을 동시에 안겼다. 밤새 뒤척이고 눈을 뜬 채 악몽에 시달리다 해 뜰 때쯤 겨우 잠드는 생활이 벌써 반 년 넘게 이어지고 있었다. 평소 입버릇처럼 '시간이 모든 것을 해결해 준다'고 말하던 나는 그 시간이 무한대에 수렴한다면 무슨 소용이 있겠냐는 구체적인 공포를 느끼고 있었다. 다음 주, 다음 달에는, 서른이 되면 나아질 거라며 기다렸지만 삼월까지 별로 나아진 건 없었다. 이십 대를 두어 달 남기고 입사한 새 회사 생활에 적응하기 쉽지 않았던 것은 물론이다. 하루하루가 롤러코스터 같았던 삼십 대의 초야, 여느 때처럼 밤을 버티다 도망치기로 했다. 왜 제주였는지 기억을 더듬어 봐도 그 시절의 나는 지금의 내가 이해하기 어려운 사람이다. 그저 바다를 넘는 것이 조금이나마 더 자유로워질 수 있는 방법이라 믿었던 것이 아니었을까, 라고 유추할 뿐이다. 서울부터 그 섬까지의 거리는 그때 내가 낼 수 있는 최대한의 용기였을 것이고, 비행기는 가장 빠른 속도로 이곳을 벗어날 수 있는 수단이었다.

탑승 게이트 구석 자리에 앉아 티켓을 보는데, 신혼여행을 제주도로 다녀오지 못한 것을 평생의 아쉬움으로 간직하신 어머니의 얼굴이 스쳐 지나갔다. 새벽녘 집을 나서며 부모님께는 갑자기 주말 출장이 잡혔다고만 둘러댔다. 그 잠깐의 시간을 빼면 그날 아침 내 머릿속엔 빨리 도망치고 싶다는 생각뿐이었다.

한 시간을 날아 제주 국제공항에 도착한 후에야 나는 도망치는 것 외에는 아무 계획도 없는 현실을 깨달았다. 공항 대합실 안쪽에 있는 철제 벤치에 앉아 배낭을 끌어안은 내 앞으로 연인과 가족, 비즈니스맨들이 쉬지 않고 스쳐 지나갔다. 나는 어울릴 수 없는 풍경 너머엔 서울에서 볼 수 없는 야자수가 서 있었다.

"계속 여기 앉아 있었던 거야?"

메시지 한 통에 급히 달려온 친구가 공항 구석에서 나를 발견한 것은 두어 시간쯤 지난 후였다. 무슨 일이냐며 몇 차례 이유를 묻던 그는 곧 소용없다는 것을 알았는지 곁에 앉아 함께 공항 안 풍경을 함께 감상했다. 정오가 지나자 공항에는 오전보다 인파가 더 많아졌고, 곧 그와 내가 앉은 구석까지 들이닥쳤다. 소리를 지르며 뛰어다니는 중국인 남매가 그와 나 사이의 침묵을 깼다.

"어디 가고 싶은 곳 없어?"

"상관없어, 이왕이면 해안 도로로 가자."

우리는 그 길로 렌터카 사무실에 가서 중형차 한 대를 빌렸다.

삼월의 제주에는 이미 봄이 제법 내려앉아 있었다. 도로 주변 곳곳에 핀 유채꽃을 보는 것만으로 기분이 한결 나아졌고, 반쯤 내린 양쪽 차창으로 새어 드는 바람이 시원했다. 목적지 없이 달린 차는 해안 도로를 따라 한 시간쯤 달린 끝에 이름 모를 항구에 섰다. 가깝고 멀기를 반복하던 바닷물이 지척까지 가까워졌다는 것이 그 이유였다.

서른 살 겁쟁이를 가장 먼저 품어 준 곳은 한림항翰林港이었다. 한림읍의 지명을 땄는데 '큰 수풀'이란 뜻이 영 어울리지 않는 곳이지만 정취만은 언젠가 그려 본 항구의 모습 그대로였다. 썰물 후의 해변처럼 고요한 오후의 항구엔 팽나무 대신 낡은 고깃배들이 제자리에서 좌우로 출렁이고, 잎새를 스치는 바람소리 대신 갈매기 울음소리가 들렸다. 간간히 그물을 정리하는 어부들의 뒷모습이 보이긴 했지만, 이른 봄 햇살 아래 사람들의 실루엣이 그저 잘 그린 그림 속 장면만 같아서 혼자 있는 느낌과 크게 다르지 않았다. 곧게 뻗은 부두길을 걷는 사이 계절이 봄에 좀 더 가까워졌는지, 조금 전까지 세차게 불던 바람이 멎고 등허리가 훈훈해졌다.

한참을 걷다 돌아오던 길에 항구의 비교적 초입에 위치한 낡은 건물에 눈이 머물렀다. 왼쪽 어깨 너머의 풍경에만 관심이 있던 내가 좌우를 번갈아 볼 여유를 찾은 덕분이었을 것이다. 쓰러져 가는 낡은 상가 건물은 짠 바닷바람에 벽에 칠한 페인트가 군데군데 벗겨져 있었고 왼쪽에는 '부두 상회', 오른쪽엔 '태영 선구'라는 간판이 삐뚜름하게 걸려 있었다. 외벽과 달리 간판은 주기적으로 칠을 하는지 선명한 바다색을 띠고 있었다. 인기척이 없는 부두 상회의 문을 열고 들어가지는 않았지만, 몇 발짝 거리에서 그 풍경을 바라보는 나는 오랜만에 기억 속 첫 번째 우리 집을 떠올렸다. 낡은 두 가게가 나란히 서 있는 모습이 낯설지만 익숙하게 느껴졌던 것 같은데, 좀 더 구체적으로 말하면 유리문을 열고 들어서면 고철 같은 기계들을 달래고 있는 아버지의 뒷모습이 있을 것만 같은 기분이었다. 그 안쪽으로 밥상 차려진 거실이, 그리고 그 끝에 다락방으로 올라가는 문이 있지 않을까, 하고 상상이 꼬리에 꼬리를 물었다. 부둣가의 습하고 훈훈한 공기가 다락방의 퀴퀴한 냄새를 생각나게 한 것 같기도 하다. 눈치 빠른 친구가 혼자 항구 안쪽을 둘러보는 동안 나는 부두 상회 건너편 콘크리트 덩어리에 걸터앉아 오랜만에 '현실 도피'를 즐겼다. 그 시절 다락방과는 달리 손을 뻗어도 천장에 손이 닿지 않았지만, 가만히 바라보는 것만으로도 가슴속 응어리가 녹아내리는 기분이었다. 곧이어 허기가 찾아왔다. 아침부터 한 끼도 먹지 않고 있었다.

한림항 입구 어귀에 있는 한림 중국관에서 짬뽕을 시켰다. 빨간 국물에 해산물이 한가득 담겨 나오는데, 제주 바다에서 난 것인 듯한 낯선 모양의 새우들 덕에 제법 특식 분위기가 났다. 국물 한 숟가락을 떠 입에 넣었는데 그 맛이 어찌나 기가 막히던지, 두 남자는 말없이 고개를 끄덕이고 그릇째 국물을 들이켰다. 이마 양 옆으로 땀이 맺히고 입 주위가 얼얼해졌다. 나답지 않게 '잘 먹었습니다'라며 살가운 말을 건네고 다시 차에 올라탔다.

"용눈이 오름에 가 보자."

오랜만에 느끼는 홀가분한 마음에 도망을 끝내고 여행을 해 볼 용기가 생겼다. 그와 함께 해변과 오름, 이름 모를 골목에서 남은 하루를 보내는 동안 마치 섬의 모든 구성원들이 나를 위로하는 것 같았던 그날을 아직도 잊을 수 없다. 다음날 우리는 마당에 야자수가 있는 유스호스텔 스타일의 모텔에서 점심때까지 늘어지게 늦잠을 잤다.

다음 해, 그다음 해에도 나는 마음속 차오른 미움과 후회, 실망 같은 것들을 쏟아 내기 위해 제주를 찾았다. 서른이 된 후 내내 나를 괴롭히는 미래에 대한 두려움과 자꾸 쌓여만 가는 잊어야 할 사람들의 이름, 그리고 이렇게 도망처 온 나 자신에 대한 경멸까지 섬 어딘가에 던지고 빈자리는 섬이 주는 것들로 채우는 식이다. 제주 오름 중 가장 좋아하는 용눈이 오름에 거친 숨을 가다듬으며 오르면 발아래 능선, 건물들이 만드는 굴곡들이 별 것 아닌 것처럼 보인다. 그게 도망자에게는 제법 그럴듯한 위안이라 하산할 때면 가슴속 곳간이 가득 채워진 느낌이다. 약속 없는 만남과 기약 없는 헤어짐이 반복되는 동안 섬은 캐묻거나 보채지 않고 가만히 품어 줄 뿐이었다. 그리고 여행이란 이름의 현실 도피를 마치고 돌아오는 날엔 늘 새로운 계절이 시작되고 있었다. 혹자는 낭만이라고, 어떤 이는 사랑이라고 하지만 내게 그 섬은 전적으로 위로였다.

서른다섯의 삼월, 출장차 제주를 찾았다. 이렇게 평온한 마음으로 이 섬을 찾은 건 처음이다. 하지만 주변 사람들에겐 제주행을 이야기하지 않았다. 늘 육지에서 이고 온 겁과 이기심, 응어리들을 들킬까 걱정했던 습관 때문이겠지. 맘 같아선 이 기분으로 하루나 이틀 더 숨어 있고 싶지만, 밀린 원고가 눈앞에 아른거린다. 어제부터 마감 독촉 전화도 걸려 오고 있다. 그 시절 다락방을 내려온 나를 맞이한 고소한 감자채 볶음과 달리, 섬에서 육지로 내려간 나를 기다리는 것은 쓰고 시큼한 어른들의 대화뿐이다. 편식을 일삼던 내게 어른이 되면 입맛이 변할 거라는 어머니의 말이 실은 이런 뜻이었나 싶다.

공항으로 가기 전 들른 월정리 해변은 하늘과 바다의 색도, 바람의 냄새며 파도 소리 역시 그대로지만 매끈한 인테리어의 카페들이 늘어선 풍경이 두 해 전과 너무나도 달라 낯설다. 사진 찍고 웃는 사람들로 떠들썩한 풍경에 나만의 다락방을 빼앗긴 것만 같아 나도 모르게 샐쭉한 표정을 지었다. 아무래도 다른 다락방을 찾아야겠다.

아무래도
내 시계가 고장 난 것 같아

모스크바, 러시아

○　빠르다 못해 속절없는 시간이 흐른다. 잠시 소란스레 머물다 떠나는 사람뿐인 공간은 주인이 없는 것처럼 보이기도 한다. 그들이 남기거나 떨어뜨린 흔적들이 패인 벽과 기둥 틈에 배어 악취를 풍기고, 바닥엔 떨어져 나간 조각들이 어지럽게 뒹군다. 들고 나는 것이 이리도 의미 없을까 싶다. 하지만 훗날 돌아보았을 때 나는 분명 이렇게 말할 것이다. 그 모두가 아름다웠다고. 그 공간은 내가 생각하는 생과 무척이나 닮은 곳이었다.

흑백 화면에 파란색 백라이트뿐인 구닥다리 아이팟에서는 철 지난 노래들이 흘러나온다. 이제 한 번 충전으로 겨우 두어 시간밖에 음악을 들을 수 없는 고물이라 하루 중 가장 소중한 때가 올 때까지 아껴 두게 된다. 듣지 않고 종일 품고만 다닌 날도 많다. 스마트폰에 더 많은 노래들이 있지만 음악은 이걸로 들어야 제맛이 난다며 매일같이 가방에 아이팟을 챙기는 내게 친구는 과연 나다운 고집이라 말했다. 며칠 전 버스 정류장에서 떨어뜨린 후로 화면 절반이 까맣게 멍이 들어 제목조차 제대로 보이지 않지만 고장이 나지 않은 것만으로 가슴을 쓸어내렸다.

화면 아래 동그란 휠을 오른쪽으로 문지르자 목소리의 주인공이 내 쪽으로 한 걸음 더 다가와 노래를 한다. 그 소리에 묻혀 반대편 플랫폼으

195

로 진녹색의 낡은 열차가 들어오며 내는 쇳소리가 작아졌다. 때마침 노랫말 속 주인공도 여행 중이다. 느긋한 트램 안에서 도시를 감상하고, 좁은 골목길을 걷는 기쁨을 담담하게 털어 놓는다. 쉴 새 없이 들어오고 나가는 열차들에 맞춰 소리를 키우고 줄이다 보니 흡사 서로의 여행에 관해 대화를 나누는 기분이다. 노래 말미에 들린 '지금 몇 시를 살고 있는지'라는 가사가 꼭 내게 하는 질문 같다.

모스크바Москва́ 스몰렌스카야Смоленская 역 플랫폼의 벤치에 앉아 딱딱한 대리석 기둥에 등을 기대고 반대편 승강장을 바라보는 내 앞으로 귀가를 서두르는 사람들이 스쳐 지나간다. 여기 온 지 벌써 열흘째라 익숙해지기도 했지만, 머릿속엔 '과연 유럽에서 가장 많은 사람이 사는 도시다워'라는 건조한 감상뿐인 것을 보면 내게도 오늘 하루가 꽤 고됐나 보다. 그도 그럴 것이 전 러시아 박람회장 베데엔하ВДНХ에서 오후 내내 폭설을 맞은 후였다. 역 근처 카페에서 홍차로 몸을 녹일까도 생각했지만, 초콜릿 케이크를 포장해 곧장 호텔로 갈 내 모습이 빤히 보여 크고 쓸쓸한 호텔 방보단 좀 소란스러워도 여기에 앉아 시간을 보내다 가기로 했다. 마침 어제 앉았던 자리가 비어 있기도 했다. 막차가 열두 시쯤 끊기니 아직 두어 시간이 더 남았다. 나는 아마 어제처럼 음악이 멈춘 후 일어날 게다. 이만큼 시끄럽고 복잡한 곳이 드문데도 이상하게 여기 앉아 있으면 마음이 편하다. 퀴퀴한 냄새만 사라지면 더 바랄 게 없을 것 같다.

어쩌면 조금 더 위험해야 할지도

첫 번째 노선인 소콜니체스카야Сокольническая선이 1935년에 개통되었으니 팔십 년이 넘은 지하철이다. 아버지가 열다섯 살이셨을 때 돌아가신 할아버지의 연세를 가늠해 보니 대략 그 정도의 세월인 것 같다. 모스크바에 온 지 며칠 되지는 않았지만 할아버지의 연세만큼 오래된 이 지하철을 내가 모스크바를 사랑하게 된 가장 큰 이유로 꼽고 있으니 재미있는 일이다.

사실 모스크바 지하철 미뜨로Метро는 일찌감치, 그러니까 여행 전부터 나를 들뜨게 했다. 무엇보다 먼저 다녀온 이들이 하나같이 극찬을 아끼지 않은 화려한 역사驛舍 내부에 대한 기대감이 가장 컸다. 역시나 여행 둘째 날, 아르바트 거리에서 영하 25도의 추위를 피해 처음 아르바트스카야Арбатская 역에 들어섰을 때 역 안의 온기보다 먼저 고풍스러운 내부 장식들에 매료됐다. 그 후 파르크 쿨투리Парк Культуры 역과 폴랸카Полянка, 키옙스카야Киевская 그리고 파르티잔스카야Партизанская 역으로 하루하루 그 반경을 넓히며 역마다 다른 건축 양식과 장식들을 감상했다. 대리석이 아낌없이 사용된 벽과 바닥, 공간을 치장하는 샹들리에와 미술 작품들에 구소련 시대의 영광 그리고 이오시프 비사리오노비치 스탈린Иосиф Виссарионович Сталин의 과시욕이 고스란히 남아 있는 모스크바 지하철은 단돈 사십 루블, 우리 돈 팔백 원에 입장할 수 있는 거대한 지하 미술관이었다. 열차로 연결된 각 전시실에서 매일 칠백만 명의 사람들이 만드는 살아 있는 예술을 감상하는 것이 언젠가부터 여행의 낙이 되었다.

물론 모든 것이 아름답지만은 않다. 전쟁 시 방공호로 쓸 수 있도록 지하 깊은 곳에 조성된 지하철 역에는 장마철 창고처럼 퀴퀴한 곰팡이 냄새 같은 것이 진동한다. 고역을 치르고 낡은 열차를 타면 적어도 두 번 놀라게 된다. 옆 사람 목소리조차 잘 들리지 않는 시끄러운 소음에 한 번, 잠시 후 활짝 열린 창문을 보고 또 한 번. 소리야 적응되면 괜찮다 처도, 열린 창문으로 동굴에 사는 쥐떼라도 굴러 들어오면 어쩌나 싶다. 역사 내부의 샹들리에와 장식들은 관리가 잘된 편이지만 역시나 세월의 흔적을 완전히 감추기엔 역부족이다. 하긴, 팔십 년간 이 지하철이 멈춘 것은 제2차 세계 대전 중 폭파 준비 지시가 내려졌던 하루뿐이었다니 그럴 만도 하다.

그렇게 매일같이 지하철 역 안에서 아이팟의 배터리가 다 떨어질 때까지 시간을 보내면서 나는 그동안 보지 못했던 이 도시의 새로운 매력을 발견하게 됐다. 돌로 만들어진 차가운 공간을 배경으로 빠르게 교차하는 사람들의 시간이다.

모스크바 지하철 역의 시간은 다른 곳보다 빠르게 흐른다. 양쪽 승강장을 드나드는 낡은 열차는 배차 간격이 무척 짧은데, 말로는 이삼 분에 한 대라지만 출퇴근 시간에는 열차가 떠난 직후 곧장 다음 열차 신호가 울리기도 한다. 하지만 성질 급한 러시아인들에겐 그 기다림도 긴지 열차를 놓치지 않기 위해 전력질주하는 모습을 왕왕 볼 수 있다. 에스컬레이터와 환승 통로의 계단을 통해 사방에서 들어오는 사람들은 꽁꽁 언 지상 위 사람들보다 눈에 띄게 걸음이 빠르다. 열차들은 숨 가쁘게 사람들을 쏟아 내고 또 훔쳐 달아난다. 그 장면들을 보고 있으면 이

지하 세상은 1.2배 빨리 감기를 한 것처럼 시간이 급히 흐른다고 착각하게 된다. 그 혼재混在가 일일이 훑기 벅찰 정도지만, 그중 몇몇 이들이 내 눈을 사로잡는다. 나는 어느새 같은 공간에 있는 사람들의 다른 시간을 엿보고 또 읽고 있다.

어제는 엄마 손을 놓고 환승 계단 쪽으로 총총걸음을 걷는 아이의 뒷모습을 보며 꼭 그만 했던 시절 내 짧은 여행을 떠올렸다. 일곱 살이나 됐었나, 이모에게 전해 주라며 엄마가 챙겨 주신 분홍색 보자기를 꼭 안고 26-1번 버스 맨 뒷자리에 앉은 내게 창 너머로 펼쳐지는 풍경은 다른 세상의 것이었다. 그때까지 내 세상은 수유에서 동대문 운동장까지 일곱 정거장을 벗어나지 않았으니까. 한강을 넘을 땐 서울을 벗어난 줄 알고 겁을 먹기도 했다. 기억으론 두 시간쯤 걸렸던 것 같다. 고속터미널 상가에 있는 이모의 가게를 찾아 무사히 보자기 꾸러미를 건네고 다시 버스를 타고 돌아오는데 웃음이 나왔다. 이만하면 청소년으로 불려도 되지 않을까, 라고 어깨를 으쓱였다. 요즘도 가끔 성수대교를 건널 때면 그때가 생각나 웃곤 한다. 돌아보면 그것이 내 생애 첫 여행이었던 것 같다.

오늘은 건너편 승강장, 몸을 기울여 서로에게 기댄 연인의 실루엣이 애틋했던 스무 살의 하루로 내 시간을 잠시 돌려놓았다. 그해 여름을 송두리째 앗아간 그녀는 저녁 일곱 시에 헤어지면 일곱 시 삼십 분부터 그립다는 말을 하게 만든 사람이었다. 그날도 그랬다. 금방 다시 보고 싶어진다는 말 한마디에 지하철 역을 한걸음에, 아홉 정거장을 가쁜 숨으로 달려갔다. 충무로 역에 도착했을 때 먼저 도착한 그녀가 지었던 미소는 내가 처음 맞는 계절이었다. 그날 막차가 올 때까지 우리가 나눈 대화는 이제 하나도 떠올릴 수 없지만, 승강장 벽면의 석재 벤치가 이 역의 대리석 의자와 비슷한 느낌이었던 것은 기억이 난다.

지하철 역에서 나는 가히 또 다른 종류의 시간 여행이라 할 만큼 가슴 벅찬 경험을 하고 있다. 두 시간짜리 구닥다리 아이팟은 그 시작과 끝을 알리는 모래시계 같은 존재다. 하루는 열다섯, 또 하루는 스물두 살을 살고 어떤 날엔 불과 몇 달 전의 응어리를 다시 질경질경 씹는다. 그러고 있노라면 고작 여섯 시간인 서울과 이곳 사이의 시차가 어떨 때는 수십 년으로 벌어진다. 바깥보다 빠르게 흐르던 시간도 잠시 내게만은 잠시 멈추는 것 같다.

"아무래도 내 시계는 고장 난 것 같아."

특별히 대상을 정한 불평은 아니었다. 어쩌면 모두 내 탓인 걸 알면서도 외면하고 싶어 어떤 누군가를 탓했는지도 모르겠다. 아무래도 신이 내게 실수를 한 것 같다고. 그것이 언젠가부터 주변 사람들보다 조금씩 늦어진 내 시간에 대한 변명이었다. 동기와 친구들보다 늦은 취업, 바닥을 면치 못하는 통장 잔고, 쉽게 보이지 않는 성공의 길, 여전히 남 일만 같은 결혼까지. 갈수록 사람들과 나 사이의 시간차는 조금씩 벌어졌다. 가끔 나를 바라보는 걱정 어린 눈에 초연한 척했지만, 남들과 내 시계를 번갈아 비교할수록 마음이 다급해지는 건 어쩔 수 없었다. 그리고 내가 발만 동동 구르는 동안에도 그들은 점점 나와 시차를 벌리고 있었다. 나만 그대로였다.

좁은 세상에서 남의 시간을 흘낏흘낏 훔쳐보며 뒤처졌다는 생각에 한숨 쉬던 내게 모스크바 그리고 지하철 역은 다양한 시간들을 늘어놓으며 누구에게도 받아 보지 못한 위로를 건넸다. 다른 간격, 더러는 잠시 멈췄다 다시 움직이는 바늘이라도 그것이 가리키는 것이 삶이라면 고장 난 것은 아니라고. 그래서 나는 한 번 믿어보기로 했다. 내 시계가 가리키는 시간을.

이어폰을 통해 들려오던 음악이 멈췄다. 시계를 보니 열한 시 반, 돌아갈 시간이다. 한산한 역 안에는 술 취한 청년들의 목소리만 공허하게 울린다. 빵집이 문을 닫아 초콜릿 케이크는 물 건너갔지만, 다시 지상으로 올라가는 기분이 나쁘지 않다.

어림잡아 삼사 분, 길게는 오 분 넘게도 걸리는 모스크바 지하철의 에스컬레이터에선 이동하는 내내 키스를 하는 연인들의 모습을 심심찮게 볼 수 있다. 오늘도 어김없이 반대 방향에서 한 쌍의 연인이 뜨겁게 입을 맞추며 내려오고 있다. 그 모습을 보니 조금 전 생각이 눈 녹듯 사라지는 것 같다. 어떻게든 연애 시계만은 손 봐야지 싶다.

어쩌면 조금 더 휘청여야 할지도

언제든 떠날 수 있죠,
여전히 청춘인 걸요

◇◇◇◇◇◇◇◇◇◇◇◇◇◇◇◇◇◇◇◇◇◇◇◇◇◇

홍콩

○ 몰라야 할 것들이 생겼어. 잊어야 할 것들이 늘어만 가.

그리운 이의 소식을 찾아보는 것조차 이젠 하지 말아야 할 일이 되어 버렸어.

겁이 많아졌어. 일부러 외면하는 나를 발견해.

궁금한 것들이 하나둘 사라지더니,

어떤 날은 어떤 것도 묻지 않고 흘려보냈어.

언제까지나 푸르를 것만 같던 내 계절은 조금씩 시들어 갔어.

그리고 그 모든 것에 익숙해져 버렸어.

"스타 페리 선착장으로 가 주세요."

외침에 가까운 소리로 행선지를 말한 건 택시 안에 두 발을 다 넣기도 전이었다. 거친 숨을 헐떡이는 내가 다급해 보였던지 기사는 곧장 차를 출발시켰다.

'자유시간이다.'

아침부터 종일 이 시간만을 기다렸다. 저녁 식사가 끝나자마자 계단을 두 개씩 뛰어내리고 종종걸음을 치며 입구까지 꽤 먼 거리를 달려왔다.

택시가 출발한 것을 확인한 뒤 마음이 놓인 나는 좌석에 등을 기대앉았다. 어두운 차 안에서 운전석 옆 전자시계에 표시된 '8:45'라는 숫자가 환하게 빛났다.

홍콩 섬 남쪽 구석에서 출발한 택시는 십 분 가까이 가로등과 자동차 헤드라이트뿐인 길을 달렸다. 마침내 택시가 긴 어둠을 통과하자 화려한 색으로 반짝이는 빌딩들이 삽시간에 창밖을 에워쌌다. 반가운 풍경에 나는 코가 반쯤 찌그러질 만큼 차창에 바짝 붙어 위를 올려다보았다. 나뭇잎 사이로 새어 들어오는 오후의 햇살처럼 성탄 시즌을 알리는 네온사인이 밤하늘 위에 반짝거리고 나뭇가지 사이로 스치는 바람 소리 대신 자동차 엔진음과 경적 소리가 들려왔다. 서울에서도 쉽게 볼 수 있는 삭막한 도시 풍경에 무슨 그런 미사여구를 쓰냐 싶겠지만 그날만큼은 빌딩 숲의 삼림욕을 즐기는 것처럼 기분이 상쾌했다. 곧이어 다가오는 커다란 홍콩 대관람차Hong Kong Observation Wheel의 푸른 조명마저 숲 속 옹달샘처럼 느껴질 정도였으니 뭐. 택시는 아홉 시쯤 스타 페리 선착장에 도착했다. 문을 열고 내리니 시원한 바닷바람이 머리를 쓸어 넘겼다. 종일 꿍했던 기분도 그 바람에 흩날려 사라졌다.

성탄절을 며칠 앞둔 십이월 중순, 출장차 홍콩에 다녀왔다. 겨울에도 기온이 20도 내외로 따뜻한데다 2박 3일의 짧은 일정이라 짐은 배낭과 작은 트렁크 하나가 전부였고, 마음까지 덩달아 가벼웠다. 출국 전날 밤 짐 정리를 마치고 블로그에 "미리 크리스마스!"라는 간지러운 인사를 남길 때까지 나는 촉촉한 감상에 젖어 있었다.

하지만 역시 여행과 일은 엄연히 다른 영역이었다. 도착 직후부터 이틀 후 귀국 비행기를 탈 때까지의 일정이 빈칸 없이 빼곡하게 채워진 일정표를 인천 공항에서 받자마자 붕 떠 있던 마음은 제자리를 찾아 가라앉았다.

성탄 시즌에 맞춰 개최된 홍콩해양공원香港海洋公園의 축제 풍경을 담는 것이 내 일이었다. 본격적인 취재가 시작된 둘째 날 오후, 동심을 주제로 대공연장에서 펼쳐진 만화경 아이스 쇼를 시작으로 축제의 막이 올랐다. 나는 오후 내내 홍콩에서 가장 큰 테마파크 곳곳에 세워진 대형 트리와 조형물을 찾아다니며 이른 크리스마스 파티를 즐겼다. 반팔 티셔츠를 입어도 어색하지 않은 날씨 속 성탄 세리머니가 낯설긴 했지만, 연신 "메리 크리스마스!"를 외치는 산타클로스와 루돌프 덕에 그럭저럭 연말 분위기가 났다. 눈은 고사하고 두터운 니트 머플러와 오버코트도 보이지 않는 성탄 축제를 보니 남반구의 어느 도시에선 반바지 차림의 산타와 여름의 크리스마스 파티를 한다는 이야기가 떠올랐다. 정말일까?

볼거리가 가득한 무도회장에서의 시간이 즐거울 만도 하지만 나는 진작부터 초조해하고 있었다. 내일 오후까지 취재를 하고 곧장 돌아가는 일정이니 기대했던 홍콩의 야경도, 소호SOHO와 란콰이퐁蘭桂坊의 거리 풍경도 못 보고 한국으로 돌아갈 수 있겠다는 걱정 때문이었다. 저녁 여섯 시에 일정을 마치고 사람들과 함께 식사를 하는 동안에도 마음은 남은 시간을 재고 있었다. 그 간절함에 대한 누군가의 응답이었을까. 저녁 식사가 끝나고 홍콩에서의 두 번째이자 마지막 밤이 온전히 내 것이 되는 순간 망설임 없이 택시를 잡았다. 종일 두르고 있던 '어른'을 벗어던지고, 체험 부스에서 만화경을 만들며 연기했던 동심 대신 진짜 소년이 되어.

앞뒤로 적당히 흔들리는 배의 움직임과 낮은 파도 소리. 창을 통해 스며드는 바람. 어느새 소년으로 돌아간 내겐 바다 건너 북쪽 가우룽九龍 반도로 향하는 스타 페리 안의 모든 것이 설렘의 대상이었다. 사람이 절반쯤 찬 배 안을 이곳저곳 돌아다니며 창이란 창은 다 보고 다녔다. 이틀간의 기다림에서 벗어나 색색의 조명으로 물든 바다를 가르며 나아가는 기분이 어찌나 짜릿하던지, 생면부지의 옆 사람 손이라도 덥석 잡고 감격을 나누고 싶은 심정이었다.

"단돈 삼백 원에 이만큼 멋진 시간을 보낼 수 있는 곳은 어디에도 없을 거야."

어느새 가까워진 침사추이尖沙咀 선착장이 보기 싫어 눈을 질끈 감았다.

빅토리아 항維多利亞港이 한눈에 보이는 가우룽 공중 부두는 홍콩의 야경을 찾아온 사람들로 가득했다. 계단을 타고 2층에 올라 홍콩 센트럴의 화려한 스카이라인과 조명을 보니 이제야 홍콩에 온 것 같았다. 때마침 1층 선착장에서 출발한 빨간 돛의 유람선이 내는 뱃고동 소리도, 항구의 야경 위에서 내는 빛도 내가 기대했던 홍콩의 낭만과 꼭 맞아떨어졌다. 그들 중 하나라도 놓칠까 두리번거리며 길지 않은 부두 위를 몇 번이고 왕복한 나는 아마 그날 빅토리아 항에서 가장 신난 사람이었을 게다.

그렇게 삼십 분쯤 지났을까, 가까스로 부두 끝 두세 뼘 되는 공간을 차지하고 난간에 기대 있는데 등 뒤로 사람들의 외침이 들렸다. 홍콩 센트럴 센터의 벽면에 표시된 카운트다운에 맞춘 환호성이었다. 나도 함께 목청껏 소리를 질렀다.

어쩌면 조금 더 행복했어야 할지도

5, 4, 3, 2, 1.

여름과 겨울 축제 기간에만 볼 수 있는 홍콩 펄스 3D 라이트 쇼Hong Kong Pulse 3D Light Show가 펼쳐지는 동안 부두 위는 놀랄 만큼 조용했다. 너 나 할 것 없이 천진난만한 미소를 머금고 밤하늘 위 펼쳐진 동화에 빠져 있었다. 마법 같은 동심의 밤이었다.

아이 같은 미소, 아이 같은 웃음소리, 아이 같은 마음. 나는 아이들이 가진 것들을 동경한다. 그런 사람과 함께 있는 것을 좋아한다. 내 마음을 움직였던 장면들엔 어김없이 아이 같은 표정의 사람들이 있다. 세계 각지에서 모인 사람들이 하늘을 가린 듯 커다란 스크린 속 애니메이션을 보며 남녀노소 할 것 없이 모두 환호했던 빅토리아 항에서의 기억이 아니었다면 홍콩은 그저 내게 지루했던 출장지로 남았을 것이다.

자연스레 어른이 된다는 의미는 줄곧 내 궁금함의 대상이 될 수밖에 없었다. 언제부터 어른이 되는지, 무엇이 어른을 만들고 어떤 과정들을 거치는지. 사회에서 정하는 일괄적인 기준 말고 각자의 세상을 뒤트는 진동의 근원을 알고 싶었다. 지금까지 내가 찾은 가장 근사치의 대답은 생애 가장 차가웠던 겨울에 있었다.

서른둘의 어느 날, 퇴근길에 사직서를 냈다. 그날 아침까지도 상상하지 못한 장면이었다. 상사와의 문제가 방아쇠가 되었다지만, 사람들의 말마따나 '무작정' 사직서를 던지고 도망친 것을 보면 그 무렵 나는 꽤나 슬퍼하고 있었던 것 같다. 긴 기다림 끝에 시작한 회사 생활이 나라고 소중하지 않았을 리 있겠냐마는, 뱅글뱅글 도는 일상의 관성에 그저 몸을 맡기고 매일 같은 모양, 같은 크기의 원을 그리는 동안 무언가 떨어뜨리고 있다는 생각이 끊이지 않았다. 그보다 힘든 것은 그것이 무엇인지도 모르고 잃어 간다는 불안이었다.

얼마간의 날들이 흘러 그것이 청춘이라는 것을 알았을 때, 나는 낯선 겨울 도시에 홀로 던져져 있었다. 여섯 시간의 시차, 그리고 육천육백 킬로미터의 거리만큼 떨어져 내게 물었기에 가능했던 일이다. 영하 30도의 혹한에도 빨갛게 얼어붙은 볼로 스케이트를 타는 소년, 아이스크림을 먹으며 광장을 활보하는 소녀에게서 나는 내가 잃어버린 것들을 보았다. 청춘에 대한 해묵은 질문에 그날 내가 한 답은 호기심이었다. 그리고 폭설이 쏟아지는 붉은 밤과 축제의 광장은 어른이 된 후 받은 가장 근사한 크리스마스 선물로 남았다.

인정하기 싫지만, 그러기엔 슬픈 말이지만 어른이 되는 것은 수없는 상실과 망각의 반복이 아닐까. 내가 낯선 도시의 아이들에게서 보고 또 배우는 순수함과 호기심, 생명력 같은 것들을 언젠가 나도 분명 가지고 있었을 테니 말이다. 어쩌면 어른들이 매진하는 배움과 성취 같은 것들은 각자의 청춘을 잃어 헛헛해진 빈자리를 덮기 위한 절규일지도 모르겠다. 지금의 내 여행 역시 그런 몸부림 중 하나에 지나지 않을 수도. 다행인 건, 끊임없는 노력의 보상으로 어른들은 자신의 생을 빛낼 만큼의 지혜를 얻게 된다. 나는 그것이 어른이 되는 속도를 늦출 수는 없지만, 청춘에 머물게는 할 수 있다고 믿는다.

겨울 도시에서 돌아온 지 일 년이 지나 빅토리아 항에서 다시 성탄절을 맞은 나는 그때보다 푸르른 계절을 살고 있었다. 두 겨울 사이에는 몇 번의 여행이, 그리고 아이들의 미소가 있었다. 여행하는 동안 그들의 표정을 따라 짓고 손끝이 가리키는 방향을 함께 보았다. 때때로 나란히 서서 까치발로 창틀과 난간 너머의 세상을 보았다. 그렇게 알게 된 것은 그들보다 큰 키와 빠른 걸음 때문에 오히려 보고 듣지 못하고 잡을 수 없는 것들이 생각보다 많다는 사실이었다. 그래서 앞으로도 그들에게 배우고 구하며 여행하려 한다. 원하는 시간과 계절로 날아가 현재의 내게 질문을 던져 보는 것, 그것이 내가 믿는 여행의 가장 큰 힘이다.

홍콩에서의 마지막 밤, 나는 두 시가 넘어서야 평소 요금의 세 배에 달하는 바가지 택시를 타고 겨우 란콰이퐁을 빠져나왔다. 열한 시쯤 페리를 타고 센트럴로 돌아와 미드레벨 에스컬레이터와 소호의 밤거리를 시간 가는 줄 모르고 껑충껑충 뛰어다녔다. 자정이 지난 후에도 줄어들 줄 모르는 인파 때문에 시계가 열두 시 반쯤에 멈춰 있는 것으로 착각했던 것 같기도 하다.

호텔 침대에 누워 콧잔등까지 이불을 끌어올리니 가슴이 아직 두근거리는 게 엄마 몰래 나가 놀고 돌아온 아이가 된 기분이다. 한바탕 뛰어 놀았으니 이제 또 한동안은 불만 없이 어른으로 살 수 있겠다.

저는 지금 대서양과 지중해의
경계를 넘는 중입니다

<><><><><><><><><><><><><><><><><><><>

지브롤터, 영국

1. 간격

"유로e 말고 파운드e를 챙겨야 한다고?"
"그래도 영국령이니 벙어리 신세는 면하겠네."

철썩대는 파도 소리에 맞춰 침대가 앞뒤로 리드미컬하게 흔들린다. 객실 책상 위에 올려놓은 지갑을 확인한 뒤 다시 작은 안내 책자로 향한 눈은 이미 절반쯤 감겨 있다. 이대로 눈을 감으면 밤의 해변에서 근사한 해먹에 누워 잠을 청하는 기분일 거야, 라는 속삭임이 어디선가 들려오는 것 같다.

낯선 도시로 떠나는 일을 나는 새로운 사람을 만나는 것에 비유하곤 한다. 내 세상에 없던 존재에게 다가가 살피고 부대끼며 가까워졌다가, 때가 되면 헤어지는 과정이 닮았다고. 그리고 그때 일어나는 내 안의 변화들, 이를테면 첫 만남의 설렘, 하나씩 발견하는 끌림, 사랑에 빠진 순간의 체온, 석별 후의 후유증 같은 것들도. 첫인상이 제법 큰 영향을 미친다는 것과 온갖 감각들을 풍부하게 만드는 것 역시 둘의 공통점이다. 다른 점을 찾자면, 여행은 대부분 그 끝이 미리 정해져 있다는 정도?

내가 생각하는 여행과 만남의 가장 큰 공통점이 하나 더 있다. 준비가 필요하다는 것. 그 종류와 깊이는 사람마다 다르겠지만 나는 준비가 여행을 더욱 윤택하게 해 준다는 입장이다. 비록 잘 실천하고 있지 못하지만. 내가 좋아하는 것은 도시의 역사와 문화에 얽힌 이야기들을 읽으며 상대의 모습을 미리 그려 보는 시간이다. 대서양과 지중해의 경계에 위치한 도시 지브롤터Gibraltar는 그런 면에서 매우 흥미로운 곳이었다.

여의도의 2/3에 불과한 크기에 인구는 약 3만 명, 스페인 남쪽 끝에 위치한 이 작은 반도는 재미있게도 대서양 너머 영국의 영토이다. 1704년 스페인 왕위 계승 전쟁 중 영국군이 차지한 뒤 몇 번의 영토 분쟁을 겪었지만 현재까지 굳건하게 지켜 내고 있단다. 영토 분쟁이 한창이던 시절엔 아예 긴 장벽을 세워 침략을 막았는데, 현재는 국경 쪽에 길게 뻗은 지브롤터 공항 활주로와 작은 출입국관리소로 자연스럽게 두 도시, 국가 사이에 간격을 유지하고 있다. 영국령이니 언어는 물론 영어, 화폐는 영국 파운드 스털링(£, GBP)과 지브롤터 파운드(£, GIP)를 함께 사용한다. 영국계, 스페인계, 이탈리아계 등 다양한 민족으로 구성된 시민들은 대부분 자신을 영국인이라 생각하며 스페인 반환에 압도적인 비율로 반대한다고 하니 재미있다.

'묘하게 고립된 곳이네.'

땅으로는 스페인과 이어져 있지만 언어와 문화로 분리된 섬 아닌 섬. 고립이란 단어를 떠올리자 마음이 덜컥 내려앉았다. 그것이 지브롤터와 나의 공통분모처럼 느껴졌던 것 같다.

"작가님은 현실적인 상황에 대한 불안감은 없으세요?"

언젠가 이런 질문을 받았을 때 생각난 단어가 '고립'이었다. 입으론 쉴 새 없이 이상을 말하고 있지만 몸은 현실에 꽁꽁 묶여 있는 것을 들켜 버린 기분이었다고나 할까. 약한 바람에도 좌우로 흔들리면서 아닌 척을 하고 있었으니까. 나는 언젠가 보았던 영화 속, 사방이 벽으로 둘러싸인 세상에 사는 이들의 모습을 떠올리다 잠들었다. 그리고 다음날 아침 배가 지브롤터 항에 닿았을 때, 잿빛 구름이 마치 커다란 장벽처럼 항구 주변을 에워싸고 있었다.

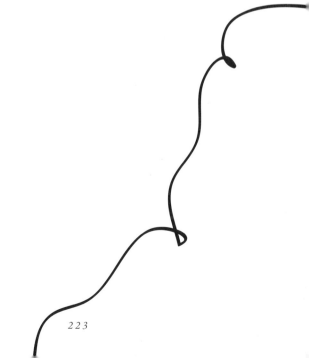

2. 틈

손잡이 없는 커다란 문이 있다.

캐논 레인Canon Lane 복판에서 내 앞을 막고 서 있는 문은 나보다 훌쩍 큰 키에 초콜릿처럼 네모 반듯한 문양으로 멋을 냈지만 창백한 색 때문인지 묘한 긴장감이 맴돈다. 근처에선 이 문에 대한 어떤 설명도 찾을 수 없다. 경첩 방향을 보아하니 이쪽에서 당겨야 하는데, 손잡이가 있어야 할 자리엔 까만 손때와 까진 상처밖에 없다. 한때 이것이 문으로 쓰였다는 흔적이겠지. 그러니까 이것은 문이지만 열 수 없는 문인 셈이다. 이제 쓰지 않는 창고나 식당의 뒷문이겠거니 하면서도 발걸음을 떼기가 쉽지 않다. 위에서 아래, 왼쪽에서 오른쪽으로 훑고 네 귀퉁이를 하나씩 살피며 신경전을 벌여 본다.

어쩌면 조금 더 휘청여야 할지도

나는 겁쟁이었다. 아니 여전히 겁쟁이다.

나를 가장 무력하게 만드는 건 닫힌 문 너머에 대한 두려움이다. 굳게 입 다문 면접장 입구와 사람들이 모인 강당의 정적 앞에서 머뭇거리고 때때로 발길을 돌리는 사이에 나와 세상의 틈은 점점 더 벌어졌다. 하지만 어쩔 수 없이 닫힌 문을 열어야 할 때가 있다. 그때부터 마음을 다스리기 위해 문과 벽 사이의 틈을 재기 시작했다. 그 너비로 세상과의 거리를 줄일 가능성을 가늠했다. 눈치 보는 습관 덕분에 꽤 나아졌지만 손잡이 없는 문을 보고 오랜만에 그 시절 두려움을 떠올렸다.

문을 열어 보기로 했다.

파란색 우비를 입고 허기를 달랠 곳을 찾다 작은 골목에 들어섰다. 양쪽으로 두 개의 카페가 있는데 한 곳은 야외 테라스에 문까지 활짝 열어 손님을 맞는 반면, 건너편 카페는 묵직한 나무문이 간간이 노인들에 의해 열릴 뿐이다. 평소라면 야외 테라스 구석에 앉아 눈치를 보겠지만, 오늘은 그 정적을 깨 보기로 했다. 손잡이를 힘껏 당기니 웬걸, 상냥한 인사가 나를 맞았다. 조금 전까지 문을 벽처럼 여겼던 바보에게는 그것이 칭찬처럼 들렸다.

우비를 벗고 뜨거운 카페라테로 몸을 녹이니 생각보다 별것 아니란 생각에 으쓱해진다. 어쩌면 손잡이가 없는 그 문도 손가락으로 틈을 좀 벌리면 열리지 않을까. 조금씩이지만 나는 용감해지고 있다.

"Sorry, We are closed due to strong winds(강풍으로 인해 운행하지 않습니다)."

아침부터 내리던 비는 그쳤지만, 이번엔 바람이 문제였다. 지브롤터 바위산 정상 어퍼 록Upper Rock 으로 가는 케이블카 탑승장에 겨우 도착했더니 아예 문을 걸어 잠가 버렸다. 철문 너머에서 사람들이 항의를 했지만 소용없는 일, 오늘 장사 끝났으니 포기하고 집에 돌아가란다. 곧 바람이 잠잠해지지 않을까 하는 아쉬움에 걸음을 돌리지 못하는 사람들 뒤로 택시 기사들이 슬그머니 다가왔다. 꼭 붕어 밥 뿌린 자리에 붕어 모여드는 모양새였다.

"이봐, 택시로 바위산에 갈 수 있어!"

내 또래로 돼 보이는 남자가 나를 선점하는 데 성공했다.

"얼만데?"
"어퍼 록만 갈 거야? 이십 파운드 어때?"
"나 유로밖에 없는데 괜찮아?"
"물론이지!"
군이 셈할 필요도 없이 비싼 요금을 지불하고 울퉁불퉁한 산길을 이십분쯤 덜컹거리며 오른 끝에 중턱의 작은 주차장에 도착했다. 창 밖으로 삼삼오오 모여 깔깔대는 사람들의 모습이 보였다.

"내려서 원숭이 보고 와, 지브롤터에서 가장 유명한 녀석이니까!"

택시에서 내려 사람들이 모여 있는 곳에 다가가니 좁은 철제 난간에서 원숭이 한 마리가 지중해의 낭만을 독차지하고 있었다. 주변 시선에는 아무 관심이 없다는 듯 무료한 표정이었다. 몇 발짝 떨어진 무리를 보니 심술이 난 원숭이가 한 청년의 어깨에 걸터앉아 긴 머리칼을 잡아당기는 중이었다. 그때까지 지브롤터 바위산의 주인을 몰랐던 내게는 동공이 활짝 열릴 만큼 놀라운 경험이었다.

지브롤터는 유럽에서 유일하게 바르바리마카크Barbary macaque 원숭이를 볼 수 있는 곳이다. 원래는 지중해 너머 알제리, 모로코에 서식하던 종인데 아프리카 대륙과 가장 가까운 지브롤터에도 자리를 잡았다고 한다. 두 대륙 사이를 오간 무역선을 타고 건너왔을 게다. 정착에 성공한 원숭이는 이제 어퍼 록과 그 인근 고지대에서 제법 큰 부락을 이루며 살아간다. 영국 사람들과 아프리카 원숭이가 함께 사는 스페인 끝자락의 도시라니, 알면 알수록 재미있는 곳이다.

비교적 야생성을 유지하며 살고 있는 마카크 원숭이를 대할 때는 몇 가지 규칙을 지켜야 한다. 첫째, 절대로 먹이를 줘선 안 된다. 하지만 원숭이가 관광객의 음식을 빼앗아 먹는 일이 부지기수라고 한다. 둘째, 언제 어디서 튀어나올지 모르므로 '원숭이 출몰 구역' 표지판이 있는 길에선 운전에 각별히 주의해야 한다. 셋째, 가장 중요한 것으로 적당한 거리를 유지해야 한다. 보기보다 성격이 괴팍해서 가까이 가거나 만지는 사람에게 주먹질로 대응할 때가 있단다. 하지만 전망대 위의 풍경을 보고 있으니 두 번째를 제외하고는 전혀 지켜지지 않아서 사람과 원숭이의 크고 작은 실랑이가 자꾸 벌어진다.

안내판 속 주의 사항들을 읽다 문득 '적정 거리를 유지하라'는 말은 동물보다 오히려 사람과 사람 사이에 더 필요하지 않을까, 라는 질문을 던져 보았다. 이를테면 '나 사용법' 같은, 자신을 대할 때 유의해야 할 규칙들을 서로 미리 일러 두면 실망하거나 얼굴 붉힐 일이 없을 테니. 상대를 대하는 법을 미리 알면 사랑하는 이의 마음을 얻기도, 하다 못해 퇴근 타이밍 재는 것이라도 훨씬 쉬워질 텐데. 나이를 먹을수록 오히려 더 어려워지는 대인 관계에 대한 푸념이자, 동시에 어느새 사람들과 거리를 두는 데 익숙해진 나에 대한 변명이었다.

나를 늘 '알 수 없는 사람'이라 했던 이는 드라마 속의 대사를 빌려 나에 대한 답답함을 토로하고 떠났다. 스스로를 보호한답시고 누구도 들어올 수 없는 선을 그은 내가 결국 영원히 그 동그라미 안에 혼자 남을 것이라고 했다. 후에 돌아보니 경고 메시지였던 것 같은데 그날 나는 고개를 끄덕이며 수긍했다. '맞아, 정말 그런 것 같아.' 보이지 않는 선을 긋고 '이 안으로는 누구도 들어올 수 없어'라며 스스로를 고립시키는 나를 스스로도 좋아하지 않지만, 이래야 편한 걸 별 수 있나. 실은 몇 명이 그 경계를 넘어 내 동그라미 안에 들어온 적이 있었다. 공통점은 다들 연인이었다는 것. 그리고 그들이 불쑥 파고들어 와 내 앞에 선 순간 나는 이상하게도 눈물을 흘리며 펑펑 울어 버렸다. 이유는 모두 달랐다. 누구에게도 말하지 못한 내 아픔을 이야기하면서 오열한 적이 있었는가 하면, 이제 그만 이 사람을 떠나도 되겠다는 안도감에 감정이 복받쳐 오르기도 했다. 정확한 이유는 모르지만 나는 적당한 간격이 필요한 사람인 것 같다. 마카크 원숭이처럼.

원숭이가 한 마리씩 숲속으로 사라지는 것 같더니 이윽고 빗방울이 떨어지기 시작했다. 비는 내가 택시에 탄 후 거센 폭우가 됐다. 차 지붕을 세차게 때리는 소리가 아무래도 쉬 그칠 것 같지 않아서, 결국 어퍼 록 정상을 포기하고 메인 스트리트로 돌아가기로 했다.

4. 경계

항구로 돌아가는 길에 다시 한번 케이스메이츠 광장Casemates Square을 지났다. 아침에 비를 맞으며 지나친 아침의 광장은 지브롤터 안으로 입성하는 관문에 불과했는데, 다시 광장에 돌아왔을 때 그곳은 완전히 다른 곳이 되어 있었다. 섬을 에워싸던 먹구름은 온데간데없이 사라지고 그 자리에 지중해 빛 하늘이 곱게 펴 발라져 있었다. 그 아래 보이는 바위산과 광장의 건물들은 아침에는 보이지 않았거나 제 색을 잃고 무채색 형태로 서 있던 것들이었다. 햇살은 또 얼마나 따끔거렸는지 셔츠 깃 사이로 금세 후끈한 열기가 올라왔다. 어쩌면 그새 계절 하나가 바뀐 것은 아닐까. 언제부터였는지 기억을 더듬어 보니 거리에 아이들의 웃음소리가 퍼질 때쯤이었던 것 같다.

"뭐? 너네 동네엔 비가 온다고?"

정확히 기억나지 않지만 열 살이 되기 전이었다. TV 만화 시간 전까지 놀자는 전화에 비가 와서 안 된다는 옆 동네 친구의 말을 듣자마자 나는 그의 동네로 달려갔다. 우리 집 앞에는 비가 오지 않았기 때문이다. 어느 지점부터 비가 시작되는지, 그 경계를 확인하고 싶었다.

그때부터 시작된 경계에 대한 호기심은 나이가 들면서 내 주변의 다양한 것들로 점차 범위가 넓어졌다. 예를 들면 내가 몇 년, 몇 월, 며칠에 어른이 됐는지, 계절이 겨울에서 봄으로 바뀌는 날의 낮 기온은 몇 도일지, 내 배는 언제부터 나오기 시작했는지. 세상에 갑자기 일어나는 일은 없다지만, 전자시계의 숫자가 59에서 00으로 바뀌는 순간, 몇 미터 거리로 시차가 바뀌는 도시와 나라 사이 경계는 엄연히 존재하니까. 하지만 세상엔 그 경계를 알 수 없는 것이 많았다. 내가 한 손을 놓고 자전거를 탄 날짜는 시간까지 정확히 기억나지만, 첫사랑이 시작된 순간 그리고 그녀의 마음이 식기 시작한 때는 알 방도가 없다. 내 성향이 어느 시점을 경계로 내성적에서 은둔적으로 변한 건지, 밤새 밀린 원고를 쓰고 나니 빨개진 눈은 몇 시 몇 분부터 이렇게 됐는지. 지금도 여전한 이 집착은 늘 '어느새', '나도 모르는 새' 바뀌었던 것들에 대한 서운함일까.

비가 그치는 소리는 한 가지로 규정할 수 없다.
파도 소리였다, 바람 소리였다 한다.
새소리로, 기차와 버스 지나가는 소리로도 들린다.
눈을 감고 들으면 알 수 있다.
내가 무엇과 무엇 사이의 경계를 지나는 중인지.
_싱가포르 아시아 최남단 전망대에서의 메모

오랜 내 연구의 유일한 수확이라면 '비와 갬'의 경계에 대한 내 나름의 기준을 세운 것이다. 그날 지브롤터 케이스메이츠 광장에서 들은 비 그치는 소리는 아이들의 재잘거림으로 들려왔다. 날씨의 경계를 잴 수 있게 된 후로는 그 안에 있는 감정을 전보다 풍부하게 느낄 수 있게 됐다.

부지런한 테이블과 의자들이 비 그치기 무섭게 구석부터 하나씩 비집고 들어와 광장은 어느새 달걀노른자만큼만 남아 있었다. 나는 남은 지브롤터 파운드를 털어 코스타 커피Costa coffee에서 차 한잔을 주문했다. 광장이 잘 보이는 야외 테이블, 그리고 와이파이가 목적이었다. 인구 삼만의 도시답지 않게 북적이는 광장의 인파와 소음을 느긋하게 감상하던 내게 새로운 목표가 생겼다. 이제부터 계절의 경계를 매번 표시해 두기로. 봄에서 여름으로 넘어가는 오후 두 시, 가을과 겨울 사이의 소나기. 그리고 기회가 된다면 이번엔 꼭 사랑에 빠진 시간을 적어 두기로 했다.

며칠 만에 와이파이에 연결된 아이폰이 어머니의 카톡 메시지 수십 개를 쉬지 않고 쏟아냈다. 깜짝 놀라 전화를 거는 와중에도 엄마에게 몇 시부터 걱정하기 시작했냐고 묻는 상상을 하는 걸 보니 나는 언제 철이 들까 싶다.

5. 거리

저녁 여섯 시 삼십 분, 배가 요란한 소리를 내며 항구를 떠났다. 나는 다른 날과 달리 미리 선상에 나와 도시가 멀어지는 것을 끝까지 바라보 았다. 비가 갠 뒤 날씨가 무척 화창하기도 했고, 기분도 평소보다 애틋 했던 것 같다. 조금씩 작아지는 섬 주변으로 모여든, 바위산을 닮은 크 고 작은 구름들이 멋진 장면을 연출하며 내 작별인사에 화답했다.

'바다는 가까이서 보면 파도로 수없이 거친 선을 만들지만, 멀리서 보 면 누구에게나 평평한 수평선水平線이야. 근데 그게 인생과 너무 닮았단 말이지.'

언젠가 내가 좋아하는 한 사진작가의 작업 노트에서 본 문장이다. 짧 은 시간이나마 지브롤터에 머물며 유독 눈에 자주 띈 'GIB(지브롤터의 약자)', 그리고 'Strong'이란 단어가 처음엔 그저 고향 자랑이겠거니 싶 었지만, 떠나며 복기하니 이 도시의 공간과 간격, 언어, 문화를 바탕으 로 지브롤터를 고립된 곳이라고 지레짐작한 내게 하는 말이었던 것 같 다. 실제로 가까이 다가가니 평화로운 영국의 어느 도시였으니 말이다. 어쩌면 나를 향한 사람들의 말에서 느꼈던 고립에 대한 답도 그 안에 있을 것이다.

유럽과 아프리카 대륙의 중간쯤에서, 갑판 너머 쭉 뻗은 대서양의 매끈 한 수평선을 보니 이제 조금 알 것도 같다. 내 생을 이루는 것들과 거리 를 조절하는 법을.

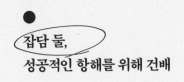

잡담 둘,
성공적인 항해를 위해 건배

항해 나흘째, 매일 아침 새로운 세상으로 저를 데려다 준 배는 모처럼 쉬지 않고 지중해를 가르며 나아갔습니다. 전날 지중해와 대서양의 경계에 있는 지브롤터를 찍고 남프랑스로 돌아가는 하루는 온전히 바다 위에서 보내는 날이었거든요. 저는 애프터눈 티를 마시고 갑판 위에 올라 수평선 위 어떤 대륙도 보이지 않는 망망대해와 풍만한 파도 소리 속에서 낮잠을 청했습니다. 이 광활한 풍경에 더 이상 압도당하지 않는 저를 새삼 대견해하면서요. 하루의 절반을 바다 위에서 보내다 보니 익숙해지기도 했지만 그보다는 항해 첫날 만난 남자, 먼저 세상을 떠난 배우자와의 약속을 지키기 위해 홀로 배에 오른 그의 눈에서 본 거대한 세상에 비하면 이 정도는 별것 아니라는 생각을 했던 것 같습니다.

배 안에선 아침부터 승객들을 위한 행사들이 열렸습니다. 저는 점심 식사 전에 5층 레스토랑에서 열린 아웃렛 쇼핑을 한 뒤 오후에는 7층 강당에서 그림 전시와 경매를 구경했습니다. 6층 카지노에선 러시아 모스크바 출신 딜러와 반갑게 대화를 나누기도 했어요.

"나 모스크바 여행기를 책으로 준비하고 있어."
"멋져! 근데 사람들이 모스크바를 좋아할까?"

매일 밤 새로운 도시의 여운에 취해 잠들었던 제게 배 안에서의 하루는 모처럼의 휴식이자 달콤한 여유였습니다.

저녁 일곱 시, 서울에서 챙겨 온 슈트를 입고 바르셀로나에서 산 보타이를 목에 맸습니다. 거울 속 모습이 영 어색해서 문 앞에서 한참을 머뭇거렸습니다. 결국 오늘의 하이라이트인 선상 파티 시간에 지각하고 말았죠. 선내 안내 방송을 듣고 5층 중앙 홀에 모인 사람들은 턱시도와 드레스로 한껏 멋을 낸 모습이었습니다. 황금색 조명과 샹들리에가 반짝이고 무대 위에선 밴드 연주와 재즈 가수의 목소리가 흘러나오는 배 안은 이미 근사한 연회장이 돼 있었어요. 저는 바다 위에 떠 있다는 것도 잠시 잊고 드레스 자락 휘날리며 춤을 추는 숙녀들, 벌써 코가 빨갛게 달궈진 신사들 사이를 오가며 파티 분위기를 즐겼습니다. 지긋한 나이의 승객들 속에서 베이지색 슈트 차림의 동양인 남성이 눈에 띄었던지 제게 사진 찍자는 요청이 쇄도했는데, 그래서 더 신이 났던 것 같기도 합니다.

분위기가 익어 갈 무렵, 배를 지휘하는 기장이 턱시도 차림으로 홀 중앙에 섰습니다. 성공적인 항해를 위해 축배를 들자는 말로 입을 뗀 그는 수십 잔의 잔으로 쌓은 탑 위로 첫 번째 샴페인을 부으며 파티의 절정을 알렸습니다. 그 뒤로 승객들이 연이어 무대에 올라 술잔으로 쌓은 탑에 술을 채웠고요. 바다 위 홀로 떠 있는 작은 도시 안에 퍼지는 음악과 환호성을 다른 누구도 들을 수 없다는 사실이 신기하고 재미있더군요. 질투가 났는지 이따금씩 지중해 파도가 배를 흔들었는데, 그럴 때면 홀을 가득 채운 사람들이 일제히 몸을 흔드는 것이 흡사 함께 춤추며 파티의 흥을 더하는 것처럼 보였습니다.

축배가 끝난 후에도 파티는 계속됐습니다. 그러나 지금 저는 특별한 밤을 만끽하는 사람들 사이를 지나 배의 꼭대기, 갑판 위에 서 있습니다. 열기를 좀 식혀야 했거든요. 슈트와 보타이 차림으로 밤바람을 맞는 것이 망설여졌지만 이 밤을 위해 챙겨 온 옷, 그리고 파티의 감흥을 벌써 벗어 버리는 건 역시 아쉽습니다. 다행히 갑판 위에도 파티가 한창입니다. 화려한 조명이 반짝이는 수영장 분수 쇼와 그 너머 신비스러운 지중해의 일몰이 내 세상에 없던 색이라 넋을 놓고 바라보게 됩니다.

꿈같은 파티의 일원이 되어 보니 문득 돌아가면 오늘처럼 파티를 해 보고 싶다는 생각이 듭니다. 소중한 사람들을 초대해 오늘 하루는 대리, 과장, 사원, 누군가의 엄마와 아빠도 아닌 각자의 바다 위에서 축배를 들어 보자고. 건배사도 정해 놓았습니다.

"우리의 남은 항해를 위하여!"

SINGAPORE
MARSEILLE FRANCE
FUKUOKA JAPAN
MELBOURNE AUSTRALIA

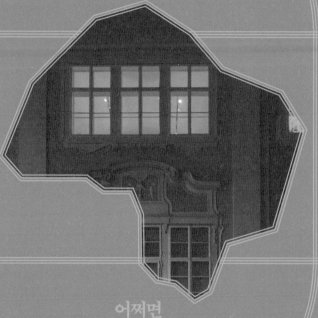

4장

어쩌면
더 이상 떠날 필요가
없을지도

작가님,
이번에도 혼행이에요?

〰〰〰〰〰〰〰〰〰〰〰〰〰〰〰〰〰〰〰〰

싱가포르

○ 모든 여행은 두 종류로 나뉜단다. 혼자 떠나는 여행 그리고 함께하는 여행. 그러므로 혼자 떠나 보지 않은 사람은 아직 그 행복의 절반밖에 누리지 못한 것이지. 하지만 동시에 발자국 하나 적히지 않은 거대한 보물섬을 남겨 두고 있다는 뜻이기도 해.

봄이란 단어가 아직은 낯선 삼월의 첫 번째 금요일. 이렇게 아침 일찍 인사동에 온 건 오랜만이다. 미팅 시간을 몇 분 앞두고 가까스로 약속 장소 건너 횡단보도에 도착했지만 신호가 길다. 초조한 마음에 '하아—' 하고 크게 심호흡을 했더니 찬 공기가 곧장 단전에 차는 것 같다. 반대로 등허리에 내리쬐는 해는 제법 따가워서 아까부터 코트 품 속이 후끈거린다. 지금 나는 겨울과 봄의 경계면에 서 있는 걸까. 봄이라고 부르는 것만으로도 곧 가슴 언저리가 간질간질해진다. '계절이 바뀌는 중이구나.' 삼십 대의 계절은 기온보다 진동으로 먼저 찾아오곤 한다.

오전 열 시 삼십 분, 삼청동에 있는 카페 D를 찾았다. 서울에서 내가 아는 곳 중 '설렘'이란 단어와 가장 잘 어울리는 공간인 이곳 2층에서 하루 남은 여행을 준비하기 위해 미팅이 끝나자마자 한달음에 달려왔다. 며칠 전, 온라인 매거진 담당자와 인사동에서 만나기로 결정한 것을 요

며칠 내가 한 일 중 가장 잘한 일이라고 칭찬하면서. 주둥이까지 가득 채워 걸을 때마다 찰랑거리는 아이스커피를 들고 가파른 돌계단을 아슬아슬 오르니 금방 숨이 차고 가슴이 뛴다. 가만, 혹시 이것이 내가 기억하는 설렘 혹은 두근거림의 이유였을까? 무언가 속은 것 같은 기분도 잠시, 내가 오늘 첫 손님인 것을 확인하자 배시시 미소가 새어 나온다. 손가락 끝이 자릿자릿하다.

카페의 첫 번째 손님이 되는 것은 기분 좋은 일이다. 새벽부터 손질한 에스프레소 머신으로 뽑아낸 좋은 컨디션의 커피를 마실 수 있고, 주인은 하루 중 가장 반가운 미소로, 테이블과 의자는 정돈된 몸가짐으로 나를 맞는다. 한기가 가시지 않은 공간에 앉아 차를 한 모금 들이켜면 귀한 손님이 된 것 같은 기분이다. 물론 오늘은 그보단 내가 좋아하는 이 공간을 당분간 독차지할 수 있다는 기쁨이 더 크지만.

2층 유일의 4인용 철제 테이블에 자리를 잡고 커피 한 모금을 목젖까지 길게 빨아올렸다. 차가운 커피를 입에 머금은 채 가방에서 파란색 여권 케이스와 표지가 매끈하게 코팅된 여행 가이드 북, 포켓 사이즈의 수첩, 만년필, 노트북, 마지막으로 아침 일찍 은행에 들러 환전한 경비 봉투까지 몽땅 꺼내 테이블 위에 올려놓았다. 테이블 바로 옆의 커다란 창으로 든 빛이 어지럽게 늘어놓은 소지품들을 근사하게 비췄다. '그래, 이게 바로 여행 전날의 즐거움이지.'

테이블 위를 찍은 사진을 습관처럼 인스타그램에 포스팅하고, 얇은 가이드북을 넘기며 관광지와 식당의 이름을 구글링할 때까지만 해도 나는 앞으로 두세 시간 여유롭게 4박 5일 여행 계획을 세울 기대로 들떠 있었다. 하지만 메일함에 있는 'XX_수정사항'이란 제목의 이메일 한 통으로 소박했던 꿈은 물거품이 됐다. 요청받은 원고 마무리 작업이 완료된 것은 정오가 훌쩍 지난 시각. 그 사이 2층은 빈자리를 찾아보기 힘들 만큼 채워졌다.

"과장님, 이제 저 맘 편히 가도 되죠?"

최종 작업 파일을 보낸 후 농반진반 보낸 내 메시지에 담당자는 대답 대신 이렇게 질문을 했다.

"그런데 작가님, 이번에도 혼자 가시는 거예요?"

며칠간 자리를 비우는 것을 알린 이메일과 메시지에도 비슷한 답이 돌아왔었다. 그들에게 나는 외톨이 여행자로 단단히 각인된 것이 분명했다. 하긴, 혼밥(혼자 먹는 밥)이니 혼영(혼자 보는 영화) 같은 말이 자연스러운 이야기가 된 요즘, 혼행(혼자 하는 여행)이 새로운 유행으로 떠올랐다지만 아직까지 많은 사람들에게 혈혈단신 떠나는 여행은 생소한 일이니까. 나도 몇 년 전까지 상상해 본 적 없었다. 낯선 도시의 밤거리를 홀로 걷는 내 모습을.

군이 '혼행'이라는 신조어를 붙이지 않아도 나는 삼십 년 넘는 삶 대부분을 여행과 관련 없이 살아왔다. 동기들이 배낭여행의 낭만을 이야기하던 대학 신입생 시절에도 당장 오늘 점심시간을 당구장과 PC방 중 어느 곳에서 보낼지 고민하는 것이 더 의미 있다고 생각했고, 스물일곱에 여자 친구 손에 이끌려 오사카로 첫 해외여행을 가긴 했지만 그때도 나는 그녀가 준비한 소규모 관광 상품의 참가자에 불과했다. 이런 내가 회사에 사표를 내고 가장 먼저 '여행'을 떠올렸던 것은 지금 생각해도 신기한 일이다. 그 무렵 TV와 책에서 부르짖던 '여행만이 인생의 진리', '떠나지 않으면 청춘이 아니다' 따위의 말에 현혹됐던 것은 아니었을까?

첫 여행이자 혼행의 배경으로 겨울도시 러시아 모스크바를, 그것도 일 년 중 가장 추운 한겨울을 선택한 풋내기 여행자에게 여행은 결코 친절하지 않았다. 영하 30도의 혹한, 폭설에 잠긴 거리, 얼어붙은 호수와 무뚝뚝한 사람들의 표정은 냉담했다. 말 통하는 이 하나 없는 낯선 땅에서 철저하게 이방인인 내가 이 세상에 아무 영향을 주지 못하는 존재란 사실을 새삼스레 깨닫고 나니, 도시 중심에 있는 붉은 광장을 걷는 데도 주변을 겉도는 듯 공허하기만 했다. 언젠가 하루는 식당에서 메뉴판을 가리키며 몇 마디 짧은 러시아어 단어를 발음한 것을 빼면 종일 한 마디도 하지 않은 내 모습을 발견했다. 이제껏 느껴보지 못한 새로운 종류의 결핍들을 떠안은 내게 기대했던 여행지의 풍경이나 문화, 그로부터 느끼는 감동은 점점 남의 이야기가 됐다.

누가 그랬다. 다시 올라오기 위해서는 우선 깊이 가라앉아야 한다고. 겨울 도시에서 느낀 갈증이 극에 달했을 때 나는 혼행의 진짜 묘미를 발견했다. 아니, 그것이 내 어깨에 날아와 앉았다는 말이 맞겠다. 낮과 밤의 경계를 비웃듯 눈이 내린 날, 울 코트와 패디드 코트를 겹쳐 입고 이름 모를 골목길을 걷는 나는 끊임없이 발등에 쌓이는 눈을 내차는 데에만 정신을 집중하고 있었다.

그렇게 한참을 발끝에만 머물러 있던 고개를 들었을 때 느꼈던 외로움을 아직까지도 잊을 수 없다. 유럽에서 가장 많은 사람이 산다는 도시가 거짓말처럼 텅 비어 있는 느낌. 끝없는 설원 한복판에 서 있는 듯한 기분이었다. 외로웠고, 그리웠다. 원망스러웠다. 그때 낯설지만 익숙한 목소리가 내게 말을 걸어왔다.

"어휴, 대체 이 눈이 언제나 그칠까?"

처음으로 나와 목소리로 한 대화였다. 이전까지 내 목소리와 말투에 귀 기울인 적도, 내게 소리 내서 말을 해 본 적도 없었던 내겐 새로운 경험이었다. 골목을 나설 때쯤 나는 어느새 수다쟁이가 되어 있었고, 다음 날부터 여행은 완전히 달라졌다. 넘쳐나는 호기심과 다양한 감각들로 도시를 만끽했다.

> 여행은 당신에게 적어도 세 가지의 유익함을 줄 것이다.
> 첫째는 세상에 대한 지식이고,
> 둘째는 집에 대한 애정이며,
> 셋째는 자신에 대한 발견이다.
> _브하그완 S. 라즈니쉬

어쩌면 더 이상 떠날 필요가 없을지도

몇 달 후, 혼자 여행하는 이유에 관한 여행 칼럼니스트의 책을 읽으며 나는 저자와 나란히 앉아 이야기를 나누는 듯한 착각에 흠뻑 빠졌다. '맞아, 맞아' 하며 연신 고개를 끄덕였고, '나도 그랬어!'라고 수없이 맞장구를 치며 작가의 고백에 동조했다. 내가 느꼈던 것들이 고스란히 담긴 매끈한 문장들을 보는 동안 마음 한편으로는 겨울 도시에서 내가 얻은 가장 값진 전리품이 실상 여행지에서 약국을 찾는 정도의 노력만 있으면 누구든 가질 수 있다는 것에 허탈해지기도 했지만, 혼행에 대한 믿음이 더 확고해진 계기가 됐으니 보상은 두둑이 받은 셈이다.

늘 그렇듯 출국 전날은 빠르게 저물었다. 카페 D에서의 계획, 이른바 플랜 D가 실패로 돌아간 후 근처 광화문에서 근무하는 선배를 불러내 남은 오후를 탕진한 나는 결국 저녁이 돼서야 방바닥에 트렁크를 펼치고 떠날 채비를 시작했다. 입으로는 여행 전날마다 입버릇처럼 하는 말을 되뇌면서.

"시간이 하루만 더 있으면 좋겠어."

일정표는 백지상태지만 그런 건 내일 밤 숙소 침대에 누워 여름방학 생활 계획표 짜듯 대강 그리는 정도로 충분하다는 것이 그동안 여행하며 얻은 지혜였다. 아니, 사실은 그 순간 내게 할 수 있는 유일한 위로였다.

토요일 오후 네 시, 나를 태운 비행기가 싱가포르 창이 국제공항에 도착했다. 입국 심사대를 향해 복도를 걷는 동안 생각했다. 나는 지금 여름 한복판에 있는 거라고. 섭씨 38도의 무더위, 하루 만에 계절은 봄에서 여름으로 또 한 번 바뀌어 있었다. MRT를 타고 오차드 로드Orchard Road에 있는 숙소에 도착하자마자 나는 땀으로 흠뻑 젖은 맨투맨 티셔츠와 청바지, 속옷을 벗어던지고 샤워를 해야만 했다.

"영상 38도보단 차라리 영하 38도가 낫겠다."

샤워 부스 속에서 나는 분명 이렇게 불평했지만 두 시간쯤 지나 클라크 퀘이Clarke Quay의 유명 레스토랑에서 구십 싱가포르 달러, 한화로 칠만 원이 넘는 칠리 크랩의 집게발을 입에 물고 더위마저 아름다운 날이라며 콧노래를 불렀다.

서울보다 조금 더 큰 도시 국가에서의 닷새는 여러모로 내 첫 혼행이었던 모스크바에서의 시간을 떠오르게 했다. 두 도시에 의외로 공통점이 많아서? 아니, 그 반대다. 무덥고 습한 기후부터 바다로 둘러싸인 경관, 여유로운 사람들의 미소가 겨울 도시와는 정반대에 가까웠다. 첫날 밤 마리나 베이Marina bay의 그 유명한 야경에 마음을 뺏기는 바람에 자정 넘어 겨우 숙소에 돌아간 것을 시작으로 매일 밤 슈퍼 트리 쇼가 펼쳐지는 가든스 바이 더 베이Gardens by the bay, 해발 이백팔십이 미터로 세계에서 가장 높은 루프톱 바 중 하나인 1-Altitude에서 나는 매일 특별한 밤을 보냈다. 그 화려함이 어릴 적 듣던 노래 제목으로 갈무리돼 있다. '우리의 밤은 당신의 낮보다 아름답다'

둘째 날 오후에는 아랍 스트리트, 리틀 인디아, 차이나 타운에서 골목마다 다른 도시를 여행하는 즐거움이, 셋째 날 아침에는 서울의 망원동, 경리단길을 연상시키는 티옹·바루Tiong bahru 거리의 카페에서 맛보는 쿠안 아망Kouign Amann●과 아이스커피의 여유가 있었다.

밤낮으로 이어지는 무더위만 빼면 더없이 풍요로운 여행이었다. 하지만 그 포만감이 나는 어쩐지 조금씩 거북하게 느껴졌다. 그저 높은 불쾌지수 탓으로 여겼던 이유 모를 답답함은 그날 오후까지 계속됐지만, 싱가포르 남쪽 센토사Sentosa 섬에 소나기가 쏟아질 즈음 함께 씻겨 내렸다. 아시아 대륙 최남단 지점을 알리는 전망대에서 한 시간 넘게 비가 그치길 기다리는데, 난간에 기대 미소 짓는 어느 여행자의 옆얼굴을 보는 순간 머릿속이 개운해지는 기분이 들었다. 후줄근한 티셔츠에 낡은 배낭을 메고 바다 너머 어딘가를 응시하는 그의 표정엔 며칠째 관광지 리스트를 지우는 데 급급했던 나와 달리 느긋함이 가득했다. 그 길로 나는 남은 오후를 어떻게 쓸 것인지 결정했다.

● 빵 반죽에 버터 설탕을 층층이 곁들여 둥글게 구워낸 케이크.

여행 셋째 날 오후 네 시부터 일곱 시까지 팔라완Palawan 해변에서 약 세 시간 동안 내가 한 것은 그저 가만히 바다를 바라보며 노을을 기다리는 것뿐이었다. PALAWAN이란 이니셜이 적힌 구조물 앞, 레고 블록 모양의 돌 벤치에 앉아 왼쪽 볼록한 면에는 가방을, 오른쪽에는 신발을 벗어 놓고 올려놓았다. 기록은 오 초에 한 번씩 셔터를 열어 타임 랩스 Time Lapse 동영상을 찍는 카메라에게 맡겼다. 모르긴 몰라도 만약 내게 일행이 있었다면 노을을 봐야 하는 당위성부터 아시아 대륙 최남단 지점인 이곳의 의미, 그리고 기다림을 보상해 줄 근사한 저녁 식사 계획까지 장황한 변명을 늘어놓아야 했을 테니 혼자라는 것이 얼마나 다행이었는지. 그렇게 내가 시간으로 사치를 누리는 동안 소년 소녀, 그들의 아버지와 어머니, 청년들의 무리가 나와 함께 잠시 백사장의 풍경이 되었다가 곧 사라졌다. 다섯 시쯤 한 소년은 내 옆에 놓인 미니 삼각대 위에서 이따금씩 짤깍짤깍대는 물건에 큰 관심을 보였고, 삼십 분쯤 후엔 간식거리를 든 노부부가 내 옆자리에 앉아 사이좋게 만두를 나눠 먹고 갔다. 그때까지도 나는 가끔 발가락을 꼼지락거리는 것 외에는 아무것도 하지 않았지만, 그 순간을 여행이 가장 환히 빛났던 때로 기억하고 있다. 겨울 도시에서와 달리 이번에는 풍요의 포화 속에 허우적대다 '아무것도 하지 않는 즐거움'을 발견했으니 재미있는 일이다.

여섯 시가 되자 안내 방송이 흘러나오고 물놀이를 즐기던 사람들이 썰물처럼 일제히 해변을 빠져나갔다. 해변이 텅 빈 것을 확인한 나는 그제야 가방에서 수첩을 꺼내 한 장 한 장 서울에서 챙겨 온 고민거리들을 넘기며 오랜만에 나와 목소리로 대화를 나눴다. 글씨가 보이지 않을 만큼 어두워졌을 즈음 오른쪽 실로소Siloso 해변에서 여행의 마지막 밤을 맞았다. 한바탕 소나기가 지나간 후 맑게 갠 하늘 위에 농염한 노을이 한두 방울 떨어지더니 이내 전체를 물들였다. 수평선 주위로 그 색이 모두 사라질 때까지 함께 감탄사를 질러줄 이는 없었지만 그것이 더 이상 갈증으로 느껴지지는 않았다.

오후 여덟 시, 하버 프론트Harbour front로 돌아가는 케이블카 안을 밝히는 건 항구로부터 새어 들어온 미약한 빛, 들리는 건 규칙적인 환풍기 소리뿐이다. 네 사람이 앉을 수 있는 케이블카에 홀로 앉은 나는 가만히 발아래 풍경을 감상하고 있다. 정박해 있는 크루즈 갑판의 조명으로 항구 전체가 환하게 빛나고 새까만 바다엔 배의 등불이 별처럼 반짝인다. 차가운 철제 등받이에 등을 기대고 앉아 나는 오늘 하루가 괜찮았냐고 묻는다. 종일 땀에 젖고 마르기를 반복한 셔츠 깃 사이로 순간 상쾌한 바람이 들며 답을 대신한다.

여전히 사람들은 내게 이번에도 혼자 떠나냐 묻는다. 다만 달라진 것이 있다면 전에는 걱정인지 연민인지 모를 눈빛으로 나를 바라보던 이들이 이제 '혼자 여행하면 뭐가 좋아요?' 혹은 '혼자 여행하기 좋은 도시는 어디에요?'와 같은 질문을 한다는 것이다. 그들에게 나는 미리 준비해 둔 문장들로 답을 대신한다. 혼자 여행하는 시간은 나와 가장 진솔한 대화를 나눌 수 있는 기회이며 생소했던 내 목소리와 말투를 익히는 동안 내가 정말로 좋아하는 것과 그리워하는 것, 버려야 하지만 차마 놓지 못하고 있는 것들에 대해 알게 되는 시간이라고. 그동안 알지 못했던 내 모습과 마주하는 것만으로도 누구나 혼자 떠나 볼 이유, 그리고 자격이 있다고.

그 말에 사람들이 보이는 반응은 크게 두 가지다. '그래요?'라고 관심을 보이거나 '다음에요'라고 둘러대거나. 상반된 반응이지만 어느 쪽이든 잠시나마 혼자 여행하는 자신의 모습을 상상해 본다는 점에서는 크게 다르지 않다. 그리고 나는 꿈에 부푼 그들의 표정을 보는 것을 무척 좋아한다. 하루를 여는 카페의 첫 손님이 되는 것 못지않은 기쁨이다.

> 친구를 얻는 가장 좋은 길은 스스로 친구가 되어 주는 것이다.
> _랄프 왈도 에머슨

혼자 하는 여행은 가장 믿음직한 친구와 함께하는 여행이다. 이것은 여행에 대해 내가 확언할 수 있는 몇 안 되는 진실 중 하나다. 그래서 앞으로도 기회가 되는 한 나는 혼자만의 여행을 계속하려 한다.

내 여행의
주인공이 되어 줘

"오빠— 오랜만이에요. 잘 지냈어요?"

하나의 단어, 두 개의 문장으로 이뤄진 지극히 평범한 인사말에 대답 대신 '풋' 하고 웃음이 터진 건 그녀만의 음계 탓이다. 파(F)와 솔(G) 사이, 그러니까 파샵(F#)쯤에서 시작해 마지막 음절 '요?'에 이르러서는 시(B) 언저리까지 음이 높아지는 것이 듣기에 어쩌나 경쾌한지. 게다가 녹음해 둔 것을 튼 것처럼 언제나 한결같아서 오랜만에 만나도 어색하지가 않다.

"우리 얼굴 본 게 일 년 넘었죠 아마?"
"아마 그럴 거예요."

용건 없이는 누구에게든 좀처럼 먼저 연락을 하지 않는 내게 그녀가 안부 메시지를 보냈고, 나는 기다렸다는 듯 점심 식사를 함께하자고 제안했다. 가능한 한 빨리. 메시지보다 만나서 대화하는 것이 좋아지고 있는 걸 보니 이제 구닥다리가 됐나 보다. 다음날 정오, 서울 스퀘어의 지하 식당가에서 그녀를 만났다.

"곧 또 떠나겠네요?"

"네, 다음 달에. 이탈리아에 가요."

"아— 이탈리아 정말 좋았는데. 로마에서 먹은 젤라토가 그립네요."

티타임까지 기다리지 못하고 밥을 오물대며 떠드는 이야기는 역시나 여행에 관한 것이다. 시끄러운 점심시간의 푸드 코트에서는 빨리 허기를 채우고 일어나야 하는 걸 알면서도 반가운 도시들의 이름에 자꾸만 입술이 실룩거렸다. 이래서 처음 인연을 맺은 계기가 중요하다. 그녀와는 두 해 전 여행지에서 알게 되었다. 한 번 들으면 쉽게 잊지 않는 이름부터 한 해를 허투루 넘어간 적 없는 이십 대의 방황과 도전 중 일부가 내가 아는 전부지만 그것만으로도 그녀는 내가 아는 여행자 중 가장 풍성한 이야깃거리를 가진 사람이다. 그래서 일부러 이렇게 대화하는 자리를 만든다. 여행뿐 아니라 생의 다양한 요소들을 자기편으로 만드는 능력이 있는 그녀와의 대화는 내게 활력소가 된다.

"그래서요 오빠, 물어보고 싶다던 이야기가 뭐예요?"

요즘은 잊고 살지만 직장인의 점심시간이란 어찌나 빠르게 지나는지. 결국 지하 식당가를 벗어나지도 못하고 근처에 있는 프랜차이즈 카페에 발이 묶여 버렸다. 그녀의 말은 어제 점심 약속을 하며 '물어보고 싶은 것도 있고요'라고 넌지시 건넨 내 말에 대한 되물음이었다.

"네 맞아요, 이번에도 엽서 보내야죠. 맥도널드? 거기도 물론!"

여행마다 반복되는 그녀만의 특별한 습관에 대해 묻는 내 질문에 그녀는 조금 놀란 눈치였다. 이유는 아마 둘 중 하나일 것이다. 내가 그걸 용케도 기억하고 있는 것이 신기하거나 아니면 그걸 왜 궁금해하는지 의아하거나.

기억 속 그녀는 여행지에서 해야 하는 숙제가 많은 사람이었다. 그 도시에만 있는 독특한 디자인의 코카-콜라 캔을 사고 적어도 한 번은 주변에 있는 맥도널드를 방문해서 '빅맥 세리머니'를 했다. 분명 이것 말고도 더 있겠지만 내가 확인한 건 이 정도. 그리고 하나가 더 있다. 언제나 지역 우체국을 방문해 한국으로 엽서를 보내는 것. 수취인은 다름 아닌 그녀 자신이다.

"요즘은 아예 도착하면 근처 우체국부터 미리 찾아 놔요. 그래야 마음이 편해지니까."

그러고 보니 함께 우체국에 갔던 날도 발걸음이 능숙했었지.

"오빠, 우체국에 들렀다 가도 돼요?"

벌써 이 년 전이다. 아침 일찍 만나자마자 그녀는 할 일이 있다고 하더니 곧장 프라하 인드리스카Jindřišská 거리에 있는 우체국으로 향했다. 아마도 중앙 우체국쯤 되지 않을까 싶은 대형 우체국에서 우표 몇 장을 사서 구시가 광장Staroměstské náměstí 사진이 있는 엽서에 붙인 뒤 다시 밖으로 나왔다. 작은 철제 우체통 앞에서 기도를 하는 것처럼 잠시 생각에 잠긴 뒤 엽서를 넣었다. 나는 그 모습을 처음부터 끝까지 지켜보았다.

"언제부터 엽서를 보내기 시작했어요?"

이 년 전 그날 하고 싶었던 질문이다.

"십 년 전 인도 여행이 시작이었어요. 그땐 엽서가 아니라 두 달간 여행하면서 쓴 일기장이었지만. 글쎄요, 막연하지만 들고 돌아가는 것보다 우편으로 받으면 더 특별할 거라고 기대했던 걸까? 잘 모르겠어요. 중간에 사라질까 걱정하지 않았냐고요? 아니요, 언젠가 꼭 올 거라 믿었어요. 두 달이 다 돼서야 도착하는 바람에 속앓이 좀 했지만."

나라면 뭘 적을까, 생각하다 내 일기장을 지구의 우편 시스템에 맡기는 것을 상상하니 등골이 서늘해졌다.

"그럼요, 좋았죠. 그 후로 여행을 갈 때마다 빠짐없이 제게 엽서를 보내고 있어요. 내용은 음…… 주로 여행지에서의 감상, 잊고 싶지 않은 것들이에요. 아, 거기에 세 가지 정도의 희망사항을 함께 적어요. 얼마 전 파리에서는 다음엔 꼭 사랑하는 사람과 함께 오겠다는 다짐을 적었어요."

과연 십 년 차다운 숙련된 프로세스다.

"가장 기억에 남는 엽서라…… 스물넷 남미 여행에서 보낸 것이었어요."

스물넷. 그래, 나도 그때쯤 청춘이란 게 참 버거운 것이라고 생각했던 것 같다. 지금 생각하면 웃기지도 않는 얘기지만.

"페루였던가? 아, 볼리비아에서! 그 여행이 가장 힘들었거든요. 짐을 도둑맞고, 몸까지 좋지 않아서 고생을 많이 했어요. 귀국하고 한 달 만에 엽서가 도착했는데, 하필 그때도 한국에서 좋지 않은 일을 겪고 있었지 뭐예요. 엽서를 보니 여행이 얼마나 힘들었던지 불평불만이 빼곡한데, 그게 또 묘하게 위로가 되더라고요. 수성펜으로 쓴 글씨가 군데군데 번져 있는 것까지."

아마도 가장 믿을 만한 이와 마주 앉아 서로의 불평을 늘어놓으며 공감하고, 위로받는 느낌이 아니었을까. 나라면 그랬을 것 같다.

"아, 도시의 냄새가 났어요."
"그 도시의 냄새가 났다고요? 남미?"
"네, 확실히."

재차 되묻는 내게 그녀는 고개까지 크게 끄덕이며 대답했다. 흙냄새 비슷한 걸까? 꿈같은 일이지만, 아예 불가능한 얘기는 아니지 싶다.

"오늘 고마워요."
"또 봐요, 오빠!"

제 이야기만 늘어놓고 총총걸음으로 사라지는 그녀의 뒷모습을 보면서 다시 '풋' 하고 웃음이 터졌다.

'작별 인사도 어쩜, 녹음한 듯 똑같네.'

순식간에 지나간 고밀도의 대화. 그 여운을 털어내고자 걷는 서울역은 오후 업무로 복귀하는 사람들과 이제 막 떠나거나 돌아온 사람들로 북적였다. 그 흐름에 자연스레 섞여 나도 연남동 작업실로 향할 계획이었지만 곧 근처 카페에 자리를 잡았다. 머릿속에 맴도는 생각들을 늦기 전에 남겨두기 위함이었다.

사실 내가 이 년 만에 그녀의 엽서에 관해 물으며 얻고자 했던 답은 하나가 더 있었다. 그리고 다행히 그녀와 대화하며 구하는 답에 좀 더 가까워진 듯한 기분이 들었다.

어쩌면 더 이상 떠날 필요가 없을지도

"작가님이 생각하는 의미 있게 여행하는 방법이 있다면요?"

청춘들이 모인 자리에서 받은 그 질문은 그때까지 내가 받아본 것 중 가장 어렵고 까다로웠다. 차라리 "여행 잘하는 방법이 뭔가요?"라 물었다면 해 줄 이야기가 많았을 텐데. 일정을 짤 때 되도록 하루 세 개 이상 랜드마크를 넣지 말라든가, 가이드북을 살 돈으로 차라리 언제든 인터넷 접속이 가능한 현지 통신사 심(SIM) 카드를 사라는 뻔하지만 도움되는 팁 같은 것들 말이다. '의미'라는 단어에 갇힌 나는 결국 진부한 문장 몇 개를 섞어 얼버무렸고, 그 시간은 아직도 가시지 않은 부끄러움으로 남았다. 결과적으로 '여행의 기술'에 대해 생각하는 계기가 됐으니 늦게나마 감사할 일이지만.

그날부터 시작된 고민의 결과로, 나는 내 마음속에 남은 여행자들 사이에 공통점이 있다는 것에 주목하게 됐다. 바로 '자신만의 여행법'이 있다는 것. 사실 백이면 백 모든 사람들이 각기 다른 기준과 취향에 따라 여행하지만, 어떤 이의 시간은 잊지 못할 여행이 되는가 하면 몇몇 사람들의 시간은 그저 그런 관광에 머물고 만다. 그렇다면 둘의 차이는 무엇일까? 내가 내린 결론은 이것이다.

'나는 주인공으로 여행하고 있는가?'

어쩌면 더 이상 떠날 필요가 없을지도

일 년 전, 프랑스 남부를 여행할 때였다. 어느덧 여정의 후반부인 마르세유Marseille로 향하며 나는 어느 때보다 큰 기대감에 부풀어 있었다. 역사와 사연 없는 도시가 어디 있겠냐마는, 기원전 600년 그리스인들이 세운 마살리아Μασσαλία까지 거슬러 올라가는 프랑스 최고最古의 역사부터 파리Paris 다음 가는 제2의 도시이자 동시에 지중해에서 가장 큰 항구 도시라는 수식어까지, 마르세유에 얽힌 이야기들에는 특별한 힘이 있었다. 프랑스의 축구 영웅 지네딘 야지드 지단Zinedine Yazid Zidane의 고향, 영화 〈택시Taxi〉(1998)의 배경이 이 도시라는 설명은 낡은 감성이 풍만한 항구 뒤편 골목길을 그려보게 만들었다.

하지만 마르세유 구 항구Vieux port de Marseille에 도착한 나를 맞은 것은 희뿌연 회색 풍경이었다. 어딜 가나 비를 몰고 다니는 내 불운이 일 년 중 흐린 날이 손에 꼽을 정도라는 지중해 연안 도시에서도 기어이 고개를 들었으니, 이것도 운이라면 대단한 운이다. 항구를 빼곡히 채운 선박들 너머로 이 도시에서 가장 높은 언덕 위에 자리 잡은 노트르담 드 라 가르드 성당Basilique Notre-Dame de la Garde은 흐릿하게 그 형체만 겨우 보였다. 매일 어시장이 열린다는 부두 근처도 그날따라 한산했다.

종종 날씨가 여행의 방향을 완전히 바꿀 때가 있다. 성당으로 가는 버스를 타는 대신 구 항구 주변을 둘러보기로 한 나는 북쪽 부둣가를 따라 걸었다. 대도시라지만 항구 주변은 평범한 어촌 마을 같아서 바닷가 벤치에서 낮잠에 빠진 노인, 자전거 타는 이들을 제외하곤 인기척이 드물었다. 바다는 낮은 파도도 없이 평온했다. 이삼십 분쯤 걸어 닿은 곳은 항구 끝자락에 세워진 유럽 지중해 문명 박물관Mucem. 지중해와 맞닿아 고고하게 선 현대식 건축물이 뒤로 보이는 마르세유 대성당 Cathédrale La Major의 로마네스크-비잔틴 양식과 아슬아슬하게 공존하는 풍경에 그날 처음으로 가슴이 두근거렸다.

지중해 문명 박물관의 옥상에 있는 가늘고 긴 철제 다리는 생 장 요새 Fort Saint-Jean 전망대와 연결돼 있었다. 전망대에 오르니 발아래로 마르세유 구 항구 풍경이 360도 파노라마 뷰로 펼쳐졌다. 족히 이삼천 척은 돼 보이는 배들과 길게 뻗은 팔로 그들을 끌어안는 듯한 천혜의 지형이 '이 정도면 죽기 전에 한 번 와 볼 만한 곳이 아닐까'라는 생각을 들게 할 정도로 근사했다. 그날의 처음이자 마지막 장관이라 감동이 더 크게 남았는지도 모르지만.

구 항구 근처 카페테라스에 자리를 잡은 건 오후 네 시가 지나서였다. 그동안 나는 상인들의 고함과 흥정하는 사람들의 목소리로 시끌벅적한 노아이으 시장Marché de Noailles, 빼빼 마른 거리의 악사의 기타 소리로 활기가 도는 성 페레올 거리Rue Saint-Ferréol에서 남은 오후를 보냈다. 원조 부야베스● 대신 햄버거로 배를 채웠지만, 도시의 평범한 장면들에 녹아드는 기분이 나쁘지만은 않았다. 도착 전의 기대와 다른 하루를 보낸 끝에 마르세유 구 항구가 보이는 멋진 자리를 차지하는 행운을 얻었다. 주문한 일 유로짜리 라바짜Lavazza 커피가 나오자마자 설탕 두 봉을 털어 넣고 곧장 들이킨 뒤 가장 편한 자세로 고쳐 앉아 포켓 사이즈의 빨간색 몰스킨 수첩을 꺼냈다. 미리 오늘 날짜를 적어 둔 페이지에 하루를 어떤 단어로 정의할지 고민하는 이때가 언제부턴가 기다려지는 시간이

● 생선과 마늘, 양파, 감자 등을 넣고 끓인 지중해식 생선 스튜.

됐다. 종종 이 짧은 몇 글자를 적기 위해 하루를 여행한다는 생각이 들 정도로.

그날도 메모는 날씨에 대한 불평과 노트르담 성당, 롱샹 공원Palais Longc-hamp에 대한 아쉬움으로 시작해 얼마 남지 않은 여정 그리고 오늘 저녁 식사 메뉴 고민으로 이어졌지만 시간이 지나니 언제나처럼 생각이 잔 가지를 뻗어 그 끝에 주렁주렁 열매를 맺기 시작했다. 마치 붓 쥔 손에 힘이 빠져 중간중간 삐친 획이 생기는 것처럼 어느새 오늘 하루와 상관 없는 것들을 적고 있는 것이다. 돌아가면 다시 이어질 먹고살 걱정부터 무언가 알 수 없는 것에 끊임없이 쫓기는 마음, 고쳐지지 않는 내 게으름 그리고 노총각의 불안함까지. 적는 손이 생각을 따라가지 못할 만큼 한바탕 쏟아낸 것은 고민과 걱정들뿐이지만, 어느새 뻐근해진 손목을 빙글빙글 돌리며 의자에 등을 기대니 마음이 한결 후련하다. 까맣게 얼 룩만 남은 커피잔 너머로 보이는 남녀를 따라 웃어 볼 용기가 나는 것 같기도 하다. 아마도 적는 동안 마음속 어디에선가 불어 온 위로 덕분 이 아닐까. 매번 반복되는 알 수 없는 감정을 그저 짐작만 해 볼 뿐이다.

빠앙—

어선이 막 들어오는지 등 뒤로 제법 큰 뱃고동 소리가 울렸다. 자연스레 나와 주변 사람들의 시선이 일제히 항구 쪽으로 쏠렸다. 노트르담 성당 과 대관람차, 항구에 정박한 배들, 알 수 없는 말들이 음악처럼 들리는 사람들의 목소리, 공기에서 나는 짭짤한 냄새까지. 분명 오전에 보고 느꼈던 것들인데도 한 프레임에 모아 놓으니 새삼 근사해 보였다. 손등을 간질이고 머리를 헝클어뜨리는 지중해 봄바람도 꼭 새것처럼 신선했다. 나는 한동안 내가 꼭 이 항구의 정중앙에 있는 듯한 특별한 기분에 사로잡혀 있었다.

나는 오직 널 만나기 위해 이곳에 왔어.
_모스크바 성 바실리 대성당을 보며

다시 널 만나는 날, 나는 어른이 되어 있을까.
_바르셀로나 사그라다 파밀리아 성당을 나서며

이 도시는 자꾸 나를 어린아이로 만들어.
_홍콩 란콰이퐁의 작은 펍에서

수첩 속 길고 짧은 메모들을 보며 나는 그동안 절정의 순간들을 놓치지 않기 위해 문장들로 남기고 있다고 생각했지만, 마르세유 구 항구에서의 특별한 경험 이후 생각이 바뀌었다. 어쩌면 도시 그리고 나를 받아 적는 순간이 내 하루, 그리고 여행의 클라이맥스일지도 모르겠다고. 그날 보았던 희미한 답안지가 오늘 여행 엽서에 대한 그녀의 이야기를 듣고 곱씹으며 전보다 조금 더 선명해졌다.

그녀 이후에도 나는 몇 명의 사람들에게 여행의 기술에 대해 물었지만 아쉽게도 유명 관광지에서 틀에 박힌 포즈의 '인생 사진'을 찍느라 여행의 주체를 타인의 시선에 헌납한 이들의 관광 후기가 대부분이었다. 그런 이야기는 매력이 없을 뿐 아니라 들을수록 피로감만 몰려왔다. 물론 노트르담 성당에서 찍은 사진도, 룽성 공원에서 폼 잡고 찍은 인증숏도 없는 마르세유에서의 내 시간 역시 그들에겐 낙제점이겠지만.

지금도 여행마다 자신에게 하고 싶은 말을 엽서에 적어 보내는 그녀, 모든 대륙을 한 번씩 거치며 현지에서 직업을 구하는 것을 철칙으로 삼은 책 속의 여행가, 한 도시에서 적어도 한 달은 머물러 보기로 한 부부들은 모두 스스로를 주인공으로 세웠다. 그리고 진득한 이야기를 과실로 얻었다. 나는 그 방법이 무엇이든 스스로 주인공이 될 수 있다면 그 사람은 현명하게 여행하고 있다고 생각한다. 그리고 자신만의 여행의 기술을 가진 이들은 인생 역시 주인공으로 살 준비가 돼 있다고 믿어 의심치 않는다. 그래서 불평과 불만으로 가득하고 돌아와 다시 열어 보는 일도 드물지만 내 여행 수첩들이 가장 소중한 재산이자 여행하며 살아가는 나만의 방식이라고 고백할 수 있다.

아, 요즘은 색다르고 근사한 습관을 갖고 싶은 욕심이 생겼다. 이번 여행은 왜 떠나냐는 질문에 손에 든 수첩을 가리키며 '이 이야기를 마무리하려고'라고 답하는 것. 아아, 생각만 해도 소름이 돋을 정도로 근사한 '여행의 기술'이 아닐까?

여행의 기술

수첩

제가 수첩을 고르는 기준은 세 가지입니다. 포켓 사이즈, 고무 밴드 그리고 무선지. 여행 중에는 가급적 짐을 줄여야 하니 작은 수첩이 좋습니다. 다만 너무 작은 수첩은 구석까지 글씨를 채우기가 영 불편하죠. 재킷 주머니나 작은 가방에 넣을 수 있으면서 동시에 불편하지 않은 크기 정도가 좋습니다. 고무밴드는 수첩이 주머니나 가방 속에서 다른 소지품과 뒤엉켜 종이가 손상되는 것을 막아 줍니다. 줄이 그어지지 않은 내지는 나도 모르게 글자가 칸에 갇히는 것을 방지해 줍니다. 글의 내용뿐 아니라 글자의 크기에도 당시의 감정이 담기거든요.

저는 몰스킨MOLESKIN의 포켓 사이즈 수첩을 애용하고 있습니다. 평소엔 단단한 하드 커버, 더운

곳으로 떠날 때는 어디든 구겨 넣을 수 있는 소프트 커버를 구매합니다. 여행을 자주 다니는 분이라면 나만의 기준에 맞는 수첩을 정해 여행마다 다른 색으로 구비해 보면 어떨까요? 그 자체로 근사한 전집 시리즈가 될 것입니다.

펜

'언제 고장 나고 잃어버려도 괜찮은 싸구려 볼펜'을 추천하려고 했지만 만년필을 포기할 수가 없습니다. 까다로운 관리법과 비싼 가격 때문에 여행용 펜으로 적합하지 않을 수 있죠. 하지만 만년필로 몇 글자만 써 보면 느낄 수 있습니다. 무언가를 쓰는 행위 자체가 꽤나 즐거운 일이라는 것을.

저는 입문용으로 유명한 라미LAMY의 사파리 시리즈를 주로 사용하고 있습니다. 가벼운 무게에 펜을 쥐는 몸통 부위 양옆을 직선으로 깎아서 많은 양의 필기를 할 때 손에 부담이 덜한 것이 장점입니다. 길이가 조금 짧았으면 하는 바람은 있지만요.

처음엔 펜에 돈을 투자하기가 망설여집니다. 저도 그랬으니까요. 반갑게도 요즘엔 볼펜과 비슷한 가격대의 저렴한 만년필도 있습니다. 중요한 것은 마음가짐입니다. 글씨 쓰는 것이 즐거우면 낙서라도 하고 싶어집니다. 거기서 남을 만한 문장이 탄생합니다.

적는 것은 생각보다 훨씬 즐겁고 근사한 일입니다.

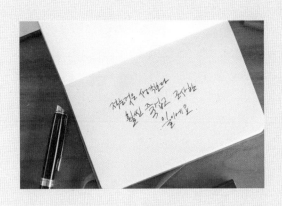

잘 먹었습니다,
진수성찬이었어요

후쿠오카, 일본

○ "사람을 웃게 하는 건 어렵지 않아. 맛있는 우동을 먹으면 되는 거야.

맛있는 거 먹을 땐 다들 웃잖아."

_영화 〈우동·うどん〉(2006)

1.

드르륵.

한눈에도 그 세월을 알 수 있는 목재 여닫이문이 이제 이골이 났다는

듯 저항 없이 바깥쪽으로 미끄러진다. 오랜 시간 마모된 나무가 내는 소

리엔 반들반들 윤기가 난다. 곧이어 눈앞에 펼쳐진 풍경에 나도 모르게

낮은 탄성이 터져 나왔다. '근사해, 근사하다.' 노포의 낡은 풍경에 순간

마음을 뺏긴 나는 자리에 앉는 것을 잊고 한동안 내부 곳곳을 두리번

거렸다.

후쿠오카福岡 시 가미고후쿠마치上呉服町, 소박하고 깔끔한 일본 특유의

골목길에서 이 노포의 탁한 외관은 단연 눈에 띄었다. 하지만 까맣게

그을린 벽과 앙다문 듯 닫힌 목재 여닫이문 때문에 선뜻 가게 문을 열

엄두를 내지 못했다. 얼마 전에 새로 교체한 것으로 보이는 입구의 조명

등이 아니었으면 한참 더 주변을 서성였을지도 모르겠다.

점심때가 한참 지난 오후 세 시, 가게는 손님 없이 한가했다. 가장 안쪽 테이블에 앉아 신문을 보던 남자는 나와 눈이 마주치자 들고 있던 신문을 접어 테이블 위에 놓았다. 손목 힘이 제대로 들어갔는지 경쾌하게 나는 '착' 소리가 환영 인사 같기도, 여유가 깨져 버린 아쉬움의 한숨처럼 들리기도 했다. 주섬주섬 몸을 일으키는 모습이 굼뜬 것을 보아 후자에 가까웠을지도.

"소바? 우동?"
"우동. 아, 고보우텐こぼう天● 오네가이시마스."
"하잇―"

짧은 대답 후 낡은 주방으로 돌아간 남자는 국수 망에 면 한 줌을 담아 가마솥에 걸고, 뒤이어 아침부터 뭉근하게 끓고 있을 가마솥의 물을 국자로 퍼 우동 그릇에 덜고 다시 쏟기를 반복했다. 그릇을 미리 데우는 모습에서 눈을 뗄 수 없었던 것은 그의 원숙함과 노포에 덕지덕지 덧붙은 시간이 함께 빚어내는 특별한 아름다움 때문이었다. 면을 그릇에 담을 준비를 마치고 몸을 돌린 그와 눈이 마주친 나는 멋쩍게 웃은 뒤 가게 안을 한 바퀴 돌며 몇 개 되지 않는 테이블과 벽에 붙은 누런 종이 메뉴판, 곳곳에 난 기름과 물 자국들을 차근차근 훑었다. "가게 정말 멋지네요!"라는 나름의 표현이었달까. 'うどん 三百二十円(우동 320엔)'이라고 적힌 메뉴판은 몇 번이나 종이를 덧대고 뗐는지 흰색부

● 우엉 튀김.

터 노란색, 갈색까지 이어지는 그러데이션으로 그 흔적이 고스란히 남
아 있었다.

내가 돌아오기 전, 남자가 우동 그릇을 내 자리에 놓고 신문이 놓인 테
이블로 돌아갔다. 몇 걸음 되지 않는 작은 가게에서 까치발을 하고 잰
걸음으로 다가가 앉은 나는 눈앞에 놓인 소박한 한 그릇에 다시 한번
가게에 들어설 때와 같은 낮은 감탄사를 내뱉었다. 족히 다른 우동의
배로 굵어 보이는 하얀 면에 별 양념 없이 맑은 국물, 그리고 그 위에 널
찍한 우엉 튀김을 올린 모양새가 이 가게의 분위기와 너무나도 잘 어울
렸다.

"이타다키마스(いただきます, 잘 먹겠습니다)."

규슈 여행에서 연을 맺은 친구는 저녁 식사 내내 '후쿠오카 음식 예찬'을 늘어놓았다. 다행히 음식은 내가 가장 좋아하는 화제 중 하나라 그와의 시간이 막부 시대 고치소 님●의 영웅담을 듣는 것처럼 흥미진진했다. 내가 가장 좋아하는 돈코츠라멘豚骨ラ―メン부터 일본식 곱창전골 모츠나베もつ鍋, 명란 요리 멘타이코めんたいこ 등 일본음식 중 상당수가 후쿠오카에서 탄생했다는데, 그중에서도 우동의 발상지가 후쿠오카 하카타博多라는 이야기는 놀라움에 가까웠다.

"사누키讃岐가 아니고요?"

"다들 그렇게 알고 있죠."

"어, 진짜네? 진짜였어."

칠백여 년 전 하카타의 절 조텐지承天寺에서 만든 온돈饂飩이 바로 우동う どん의 시작이라는 검색 결과를 보고 내 작은 눈이 동그래졌다.

"후쿠오카 사람들 중에는 라멘보다 우동을 좋아하는 사람이 더 많을걸요."

그의 이야기를 듣고 하카타 스타일의 우동을 먹어 보고자 찾아온 것이 바로 이곳이다. 오십 년간 변함없이 이 자리를 지키고 있다는 노포의 우동은 그동안 먹었던 것과 다른 심심한 담음새에 별다른 고명도 없었

● ごちそう さま, '잘 먹었습니다'라는 뜻의 ごちそうさまでした(고치소사마데시타)에서 착안. ごちそう에는 진수성찬이라는 뜻이 있고, さま는 일본어 존칭 '樣(사마)'와 음이 같다.

지만 오히려 그 소박함이 나를 사로잡았다. '뭔가 있겠지'라는 기대감.
한 가닥만으로 충분한 굵은 면을 한 입 빨아올리니 기차역에서 먹었던
가락국수처럼 툭툭 끊어지는 게 우동 같지는 않아도 부드럽고 편한 느
낌이다. 면이 목을 타고 넘어가기 전에 그릇째로 들고 국물을 한 모금
들이켰다. 진하지만 깔끔한 육수가 입 안에 가득 차고 국물에 풀어진
우엉 튀김의 고소함이 아래턱 쪽에 맴돈다. 저절로 눈을 감고 갖가지
맛을 음미하게 된다. 드라마 고독한 미식가의 이노가시라 고로井之頭五郎
상이 건너편 자리에 앉아 남겼던 평가를 이해할 수 있을 것 같다.

"군더더기 없이 맛있군."

거기에 내 한 줄 평을 더한다.

"이대로 귀국 비행기를 타도 여한이 없어."

2.

"오츠카레사마데시타(おつかれさまでした, 수고하셨습니다)."

저녁 식사를 마치고 꼬치구이집을 나온 건 저녁 아홉 시가 넘어서였다. 내일 아침 또 만나는데도 한참을 가게 문 앞에 늘어서서 한 명씩 인사를 하는 풍경이 정겹게 느껴진다. 넉살 좋은 일본인 사내는 손까지 흔들며 내게 한마디를 보탠다.

"김 상, 또 파칭코 가지 말고 일찍 주무세요!"

그날은 규슈 지역 식도락 취재 일정의 첫날이었다. 가끔 여행 잡지 기사 혹은 그와 관련된 협업으로 해외 취재 기회가 생기는데, 가끔은 사람들과 여행하는 것도 좋겠다 싶어 마다하지 않는 편이다.

"형, 아직 시간도 이른데 한잔 더 하셔야죠."

사람들의 뒷모습이 사라진 것을 확인한 남자가 몸을 돌려 말했다. 나보다 한 뼘은 더 커 보이는 훤칠한 키에 어글어글한 미소를 짓고 있는 그와는 통역 및 현지 진행 건으로 오늘 처음 알게 된 사이다.

"형이 좋아할 만한 곳이 있어요."

텐진天神 다이묘大名의 한 번화가로 들어선 그는 마음이 급한지 나보다 몇 발짝 앞서 걸었다. 토요일이라 거리는 식당이며 술집, 카페 할 것 없이 사람들로 북적였고, 칠월 무더위는 밤이 되어도 식을 줄을 몰랐다. 그 열기 때문인지 어째 걸을수록 취기가 점점 더 오르는 기분이었다. 그 길로 한참을 더 걸어 빼곡하던 간판 조명의 간격이 드문드문해지고 사람들의 목소리도 거의 들리지 않게 된 후에야 그의 걸음이 멈췄다. 4, 5층 정도 되어 보이는 다세대 주택의 1층 오른쪽에 난 입구는 기와 장식과 낡은 자전거 덕분에 제법 고즈넉해 보였다.

"어이— 황 상, 언제 온 거야?"

좁고 긴 복도 형태의 가게 안쪽에서 찬장에 접시를 정리하던 주인장이 놀라움과 반가움 가득한 표정으로 그를 맞았다. 테이블을 빙 둘러 나와 손부터 덥석 잡는 것을 보니 꽤 오래된 단골집인가 보다.

"일 때문에 왔어요."
"그래, 밥 먹어야지?"
"밥 먹고 왔어요."
"그럼 간단히 한잔하고 가."

그의 소개로 나도 주인장과 인사를 나눈 뒤, 긴 바Bar 형태의 테이블에 자리를 잡았다. 두 사람이 한창 인사를 나누는 동안 가게 안을 둘러보았다. 맞은편 벽 전체를 차지한 나무 선반은 군데군데 칠이 벗겨지고 상처가 훤히 보이는 게 한눈에도 연식이 꽤 오래된 데다, 놓인 식기와 쟁반들 역시 크기와 색이 제각각인 것이 그 세월을 짐작케 했다. 테이블 위 선반에는 다양한 종류의 일본 술병들과 술잔들이 놓여 있었다. 영화나 드라마에서 보던 뒷골목 술집 분위기에 반해 두리번거리고 있으니 그가 재미있다는 표정으로 말한다. "형이 좋아할 거라고 했죠?"

조리대로 돌아간 주인장이 화로에 작은 생선 몇 마리를 올리자 금세 연기가 피어오르고 구수한 향이 가게 안에 퍼졌다. 잠시 후 내 앞에 구운 생선 몇 마리와 삶은 골뱅이가 놓였다. 간단한 안주거리지만 담음새부터 젓가락 받침까지 주인장의 깔끔한 성격이 느껴지는 정갈한 차림이었다.

"저는 미야모토입니다. 반갑습니다."

한두 번 해 본 솜씨가 아닌 능숙한 한국어 인사와 함께 주인장이 일본 술 한 잔을 내게 따라 줬다. 맑은 술이 유리잔에 넘친 후에도 한참 더 쏟아져서 술잔 아래 받침까지 절반 가까이 채웠다. 한 잔인 척하는 두 잔, 이게 이 동네의 인심이고 정이란다.

"아버지 같은 분이세요."

차가운 일본술을 한 모금 마신 뒤, 그가 미야모토 상과의 이야기를 들려줬다.

"그땐 정말 돈이 없어서, 이백팔십 엔짜리 라멘 한 그릇 먹는 것도 고민될 때가 많았어요. 한 번은 룸메이트 형하고 집에서 콩나물을 키워 본 적도 있었다니까요. 모조리 망했지만."

후쿠오카에서 대학을 졸업한 그의 배고픔에 대한 기억은 아직도 생생해 보였다. 가난한 유학생 시절, 타향살이의 외로움이나 학업보다 어쩌면 더 견디기 힘들었을 허기를 채워 준 이가 이 가게 주인 미야모토 상이란다. 밥 사 먹을 돈이 없는 날에도 따뜻한 밥상을 차려 주고, 종종 늦은 밤에 갈 때면 이유를 묻지 않고 술과 안주를 내어 줬다고. 그가 채워준 것은 비단 뱃속 허기만은 아니었나 보다. 새삼 내 앞에 놓인 안주들을 다시 한번 보게 됐다.

상차림에서도 느꼈지만, 섬세한 성격의 미야모토 상은 종종 생각도 못했던 깜짝 이벤트로 갓 스무 살이 넘은 사내들의 목구멍을 묵직하게 만들었단다. 그와 룸메이트의 생일을 기억했다가 특별 메뉴를 내놓는가 하면, 명절에 갈 곳 없는 그들만을 위해 가게 문을 닫고 함께 진탕 마시기도 했다고. 쉽지 않은 유학 생활에 미야모토 상과 이 가게는 위로였고, 휴식이자 회복이었던 셈이다.

"그래서 후쿠오카에 올 때마다 꼭 들러요."

미야모토 상은 그와 나의 대화를 알아듣지 못했지만, 내내 우리를 번갈아 보며 흐뭇한 미소를 지었다.

"아 미야모토 상, 저 여자 친구 생겼어요."
"정말? 이번에 같이 안 왔어?"

오랜만에 만난 미야모토 상에게 그는 자신의 이야기를 늘어놓았다. 새

여자 친구와 이번 출장, 유학생 시절 룸메이트의 근황까지. 아쉽게도 나는 대부분을 알아들을 수 없었지만 중간중간 그가 통역을 해 준 덕에 함께 웃으며 시간을 보냈다.

밤 열한 시가 넘어서야 가게를 나서는 우리를 미야모토 상은 문밖까지 나와 배웅했다. 황 상은 아직 일정이 남았으니 시간 나면 또 오겠다며 아쉬움을 애써 감추는 모습이었다. 두 사람이 한동안 자투리 이야기를 나눈 뒤 미야모토 상이 내 손을 꼭 잡으며 서툰 한국어 인사를 했다.

"다음에 또 오세요."

그날 혼자 숙소로 돌아가는 동안 내가 느꼈던 감정은 그런 단골집, 아니 그런 사람과 추억을 갖고 있는 것에 대한 질투에 가까웠던 것 같다. 그래도 그가 나눠 준 여름밤 못지않은 온기 덕분에 나는 여전히 그 도시를 포근하고 인정 넘치는 곳으로 기억하고 있다.

3.

"근사한 식당은 그 도시의 축소판과도 같죠."

바르셀로나 벨 항구Port Vell의 레스토랑의 야외 테라스 좌석에 앉아 지중
해의 오월 풍경에 푹 빠져 있는 내 앞에 해산물 파에야Paella를 내려놓으
며 남자가 말했다. 나는 헤벌렸던 입을 다물고 남자를 향해 멋쩍은 웃
음을 지었다. 일찌감치 술을 한잔 걸친 듯 붉게 상기된 그의 얼굴이 새
하얀 백발과 대비돼 더욱 도드라져 보였다. 아마도 따가운 햇살 때문이
겠지. 남자는 손에 든 주문서를 내려놓으며 말을 이었다.

"그리고 잊을 수 없는 한 끼 식사는 여행 전체와 바꿔도 아깝지 않답니다."

식당 자랑에 평소 철학을 버무린 그의 문장들엔 해산물 가득 올린 빠
에야 못지않은 풍미가 있었다. 나는 그의 첫 번째 문장을 들으며 미야
모토 상의 작은 가게를, 두 번째 문장에선 노포의 근사한 우동 한 그릇
을 떠올렸다.

음식이 주는 즐거움을 빼고 여행을 이야기할 수 있을까? 마지못해 허
기만 달래며 여행하는 사람도 있을지 모르지만 나는 새로운 음식을 먹
는 것을 여행의 큰 낙으로 여긴다. 타이베이에선 딘타이펑鼎泰豊의 샤오
롱바오小籠包를 먹기 위해 아침 일찍부터 줄을 섰고, 이탈리아에선 도시
마다 다른 피자와 파스타 맛에 반해 공복을 느낄 틈도 없이 여행을 했
다. 거기에 호주의 스케일을 가늠할 수 있었던 커다란 비프스테이크와

여행 내내 나를 취하게 만든 체코 맥주 필스너 우르켈Pilsner Urquell까지, 내가 머문 도시들은 그리운 음식과 술의 이름으로 함께 기억되고 있다. TV 속 남의 여행에는 크게 관심이 없는 내가 1박 2일 동안 현지 음식을 먹기만 하는 프로그램은 챙겨 보는 이유이기도 하다. 연신 입맛을 다시며 보다 보면 새삼 여행이 저렇게 즐거운 것이지, 라는 생각이 든다.

하지만 내가 느낀 음식의 힘은 그보다 더 크고 넓다. 낯선 식당에서 생소한 음식들을 주문하고 왁자지껄한 분위기에서 큰 소리로 대화를 하거나 혹은 운 좋게 친화력 좋은 이들과 잔을 부딪히는 경험, 그리고 생소함과 익숙함을 넘나드는 음식들의 맛과 향은 이방인이 낯선 도시의 매력을 발견하는 과정에 비견될 만큼 다채롭다. 한 끼 식사가 여행의 축소판이라는 그의 말처럼 말이다. 나는 종종 식민지 지배 시절 강대국이 세워놓고 떠난 교회나 성당 안에서보다 짠내 풍기는 현지 식당에서 그 도시에 대해 더 많은 것들을 배운다. 공부가 필요 없는 언어, 표현하지 않아도 알 수 있는 마음, 방법을 알지 못했던 위로가 밥 한 그릇에 있다.

용건 없이는 좀처럼 먼저 연락을 하지 않는 폐쇄적인 성격 탓에 지인들은 내가 적어도 일 년 중 절반 정도는 해외에 있다고 오해하곤 한다. 그래서 가끔 만나면 다들 최근 여행 이야기부터 묻는다. 그럼 나는 그들에게 대답 대신 이런 농을 던지곤 한다. 우리 둘이 함께 좋아하는 오이시 라멘 먹으러 이번 주말에 오사카에 가지 않겠냐고. 아니면 바르셀로나에서 하몽 몇 점에 와인 한잔하고 곧장 돌아오는 건 어떻겠냐고. 열에 아홉은 꿈 같은 이야기라며 손사래를 치거나 웃음을 터뜨린다. 그리고 그중 네댓 명은 고개를 들어 잠시나마 행복한 상상에 빠져 있기도 한다. 이러니저러니 해도 역시 음식은 가장 매력적인 주제다. 하지만 아쉽게도 아직 같이 가자는 말을 한 사람은 없었다. 나는 진심이었는데 말이지.

도시에게 물었다,
여행이 답했다

◇◇◇◇◇◇◇◇◇◇◇◇◇◇◇◇◇◇◇◇◇◇◇◇◇◇

멜버른, 호주

○ 우연히 발견한 연인의 프러포즈와 노부부의 꼭 잡은 두 손에서 사랑
을, 생김새는 다르지만 한결같이 반짝이는 아이들의 미소에서 행복을 발
견합니다. 낯선 도시에 쌓인 연겹과 매 순간 펼쳐지는 찰나에서 끊임없이
질문을 받습니다. 잊고 있던 꿈과 사랑했던 이, 행복의 조건에 대해. 답을
찾기 위해 여행을 반복하다 보면 알게 되죠. 그 어떤 대륙도 한 사람의 인
생만큼 넓을 수 없다는 것을. 어쩌면 우리는 아주 긴 각자의 여행을 하고
있는지도 모르겠습니다, 다시 돌아오지 않을 한 번의 생을.
_브런치(brunch) '생애일주' 매거진 소개글

지난 이 년간 내가 만난 낯선 도시들은 적어도 하나 이상의 질문들을
내게 던졌다. 반짝이는 여명을 눈앞에 펼치며 잊고 있던 꿈에 대해 먼
저 얘기를 꺼내는가 하면, 사람들의 목소리를 빌려 내가 생각하는 행복
의 조건에 대해 묻고, 밤거리 위에 가장 최근의 이별을 그리게 했다. 나
를 이루는 감정들에 대한 고백을 가만히 들어준 작은 해변, 약속을 버
리고 도망친 것을 꾸짖고 원망한 광장이 있었다.

매번 바로 답을 내놓지는 못했어도 그 질문들 중 어느 것도 잊히거나
사라지지 않았다. 여행이 너무 짧으면 돌아온 후라도 답을 찾아 남겨

놓았다. 미리 써 두는 일기, 주인을 찾는 고백, 부치지 못한 편지들은 언
제든 찾아 전할 수 있도록 귀퉁이를 접어 표시해 두었다.

내가 여행을 이어가는 원동력이 하나 더 있다. 도시에 던지는 내 질문이다. 게으름 때문에 매번 새로운 질문을 준비하지는 못하고 어느 도시에서나 같은 질문을 반복하는데, 사실 아직 이만한 질문을 더 찾지 못했다.

"당신 참 행복해 보여요. 비결이 무엇인가요?"

영하 30도의 혹한과 그치지 않는 폭설 아래서 붉은 밤의 축제를 즐기는 모스크비치●들의 미소를 보며 의문을 가졌던 것이 그 시작이었다. 그곳에서 만난 풍성한 갈색 머리 여인의 입을 통해 들은 대답은 이랬다. "추울수록 더 뜨겁고 진하게 우린 차를 마실 수 있거든."

그 후 여행마다 반복된 내 질문에 도시들이 내놓은 답은 각각 달랐다. 어떤 도시는 일 년에 비 오는 날이 닷새가 채 되지 않는 온화한 기후가 비결이라고 했고, 다른 도시들은 골목마다 다른 세상을 여행할 수 있는 다양한 문화의 공존, 세계 최고의 맥주 혹은 바게트, 사랑에 빠질 수밖에 없는 해 질 녘 광장의 실루엣 등을 이야기했다. 소중한 그 답들을 나는 여행 수첩 맨 앞 장에 제목으로 적는다.

● 모스크바 사람을 이르는 말.

하지만 같은 질문을 서울에서 하진 않는다. 이유는 간단하다. 내가 몇 번 "무엇이 당신을 그렇게 행복하게 만드나요?"라고 물었을 때 사람들이 하나같이 "제가 행복해 보이나요?"라고 되물었으니까. 애석하게도 이곳의 사람들은 정말로 행복하지 않거나 적어도 자신이 행복하다는 것을 자각하지 못하고 있는 것 같다. 당장 오늘 점심에 만난 선배도 내게 이렇게 말했다. 사는 게 참 만만치가 않다고. 그리고 곧이어 물었다. 요즘 나를 가장 힘들게 하는 것이 무엇이냐고.

내가 행복에 대해 가장 많은 생각을 했던 건 일주일 동안 머물렀던 호주 멜버른Melbourne에서였다. 세계에서 여섯 번째로 넓은 땅인 호주에서도 널리 알려진 도시. 서울과는 계절이 반대인 적도 아래 남반구의 도시. 전 세계 사람들의 버킷리스트로 꼽히는 그레이트 오션 로드로 유명하며 스테이크와 와인 그리고 커피의 도시로도 불린다. 불 꺼진 밤 비행기에서 약한 조명에 의지해 보는 책자 속 설명들은 하나같이 근사했지만 가장 강렬한 인상을 남긴 것은 '세계에서 가장 행복한 도시'라는 문장이었다. 세계 주요 도시의 행복 지수를 매긴 지표에서 매해 상위권을 차지하고 있는 도시로 가고 있다니. 나는 그동안 낯선 도시에서 행복에 대해 묻고 들었던 시간들이 어쩌면 이번 여행을 위한 준비가 아니었을까, 라는 생각을 했다. 잠시지만 시끄러운 비행 소음조차 들리지 않을 만큼 가슴이 뛰었다.

월요일 밤에 출발한 비행기가 홍콩을 경유해 수요일 오전에 멜버른 공항에 도착했다. 좁은 비행기 좌석에 구겼던 몸을 편 것만으로 기지개가 되었던지, 아니면 이제 막 밝아오는 아침 풍경에 뜬 눈으로 보낸 일곱 시간이 없던 일이 되어 버렸는지는 몰라도 공항 출구 밖을 나서니 피로가 싹 가신 기분이었다. 그 길로 호텔에 짐을 맡겨두고 곧장 하루를 시작했다. 돌아보면 남반구의 생소한 아침 햇살에 최면이 걸렸던 것 같다.

아침의 마법은 오래가지 않았다. 삼월이니 서울과 반대라면 가을이었을 텐데, 그날따라 이상 기온으로 아침부터 영상 30도를 웃돌더니 정오쯤엔 40도에 가까워졌다. 벽화 거리로 유명한 호시어 레인Hosier Lane을 지나는 동안 무더위에 기운이 빠지고 야간 비행의 피로가 뒤늦게 몰려왔다. 세인트 폴 성당St Paul's Cathedral을 사이에 두고 두세 블록 거리에 있는 디그레이브스 스트리트Degraves Street의 야외 테이블에 자리를 잡은 건 하루 중 햇살이 가장 뜨거운 오후 두 시였다. 멜버른 커피 트렌드를 이끄는 거리답게 개성 넘치는 카페와 오후의 여유를 즐기는 사람들로 거리는 꽤나 복작거렸다.

뜨거운 롱 블랙 한 잔을 후후 불며 홀짝댄 지 얼마나 지났을까, 건너편 자리에 한 여성이 다가와 앉으며 무언가 말을 걸어왔다. 이어폰을 끼고 있던 나는 그녀의 손에 들린 종이컵을 보고 '여기에 앉아도 될까요?' 정도의 질문일 것이란 생각에 "물론이요"라는 짧은 답과 함께 고개를 끄덕였다. 하지만 그 후에도 그녀의 입매가 오물오물 움직이는 것을 보고 한쪽 이어폰을 뺐다. 동시에 반쯤 누워 있던 상체를 일으켰다.

"미안해요. 뭐라고 했죠?"

"아, 괜찮아요. 어디에서 왔어요?"

새까만 머리칼과 창백해 보일 만큼 하얀 피부를 가진 그녀의 첫인상은 차가웠지만, 자세히 보니 광대와 뺨에 흩뿌려진 주근깨가 이유 모를 친근감을 느끼게 했다. 그러고 보니 강한 자외선에 노출된 호주 사람들이 크고 작은 피부 질환에 늘 시달린다는 이야기를 들은 적이 있다. 그때까지도 여행 중 누군가가 먼저 말을 걸어오는 일은 내겐 그저 영화 속 이야기 같았던 터라, 나는 곧 건너편 그녀의 생김새와 말투 하나하나를 살피며 어디로 흘러갈지 종잡을 수 없는 대화를 상상하는 데 온 정신을 빼앗겼다.

"사실 처음엔 네 생김새에 눈이 갔어. 이 도시에는 한국인을 포함해 동양인이 많지만, 그래도 우리와 다르니까. 저쪽 카페 앞 테이블에 앉아 있는 내 시선에 네가 있기도 했고. 하지만 호기심 가득한 눈으로 주변을 두리번거리는 것과 달리 어쩐지 즐거워 보이지 않는 표정이 신경 쓰였고, 대화를 나눠 보고 싶어서 네 앞에 앉았어. 사실 이곳에서는 너처럼 무표정한 사람이 흔치 않거든."

"더위에 지쳐서일 거야. 나는 이틀 전까지 영하에 가까운 겨울에 있었거든. 게다가 여기 오느라 밤새 한숨도 못 잤어."

당장 떠오르는 핑계들이 그럴듯했지만 내심 그게 전부는 아니란 걸 느끼고 있었다. 서울에서도 표정이 없다느니, 무뚝뚝하다는 얘기를 종종 들었으니. 지구 반대편에서 처음 만난 이에게 속내를 들킨 기분이었다.

고개를 돌려 사람들을 보니 다들 얼굴에 생기가 가득했다. '내가 눈에 띨 만했네'라는 생각이 들었다.

능숙하게 대화를 주도하는 그녀의 리듬에 맞춰 나는 내 고향과 하는 일, 멜버른에 온 목적과 도시의 첫인상까지 나에 대한 것들을 하나씩 털어놓았다. 뜨거웠던 커피는 그 사이 불지 않고도 마실 수 있을 만큼 미지근해졌다.

"이 도시가 세계에서 가장 행복한 도시라고 하던데."

이번이 첫 호주 여행이냐는 질문에 그렇다고 답한 뒤, 나는 책자에서 본 문장으로 그녀의 생각을 들어 보기로 했다.

"한국에 가 본 적은 없지만, 일본에 갔을 때 그곳 사람들 역시 행복해 보였어. 나는 이곳이 멋진 곳이라는 것에는 동의하지만, 다른 도시의 사람들도 우리만큼 행복할 것이라고 생각해."

"행복 도시의 사람다운 대답이야."

그렇게 받아 넘긴 나는, 다시 반문이 오기 전에 그녀에게 그 질문을 하기로 했다.

"너도 무척 여유롭고 행복해 보여."
"응, 나는 행복해."

"비결이 뭐야? 그렇게 행복할 수 있는."

"너는 뭐라고 생각해? 멜버니안Melbournian● 의 행복의 비결이."

"글쎄, 높은 임금? 자연환경? 아니면 와인?"

그녀는 대답보다는 질문하는 것을 즐기는 사람 같았다. 커피로도 밤샘 비행의 피로를 쫓아내지 못한 나는 일전에 귀동냥으로 들었던 호주에 관한 단어들을 말하며 그녀의 스무고개에 끌려갈 수밖에 없었다.

"내 생각에는 날씨야. 이곳에서는 종종 하루 동안 사계절을 모두 경험할 수 있거든."

40도의 무더위에 지친 나는 그 말에 당장 동의할 수 없었지만 그것이 상상만으로도 무척 설레는 일이라는 생각이 들었다. 그리고 이상고온이 끝난 다음날부터 남은 일주일을 가을 속에서 여행하며 매일 그녀의 말을 떠올렸다.

"즐거운 여행이 되길 바라."

"고마워."

"맞아, 나한테 고마워해야 해. 아까보다 네 표정이 훨씬 밝아졌거든."

작은 백팩을 들쳐 멘 그녀의 모습이 이내 복잡한 거리 풍경 속으로 사라졌다. 마치 내 오랜 질문에 대한 답을 하러 온 사람처럼 긴 여운을 남기고.

● 멜버른 사람을 이르는 말.

며칠 후, 나는 행복의 조건에 대해 또 하나의 답을 들을 수 있었다. 호주 최고의 자연경관 중 하나이자 수많은 여행자들의 꿈인 그레이트 오션 로드Great Ocean Road에서. 화려한 수식어에 전날부터 기대가 컸지만 하루에 사계절이 있다는 날씨가 하필 그날 종일 장마철이어서 비를 맞으며 트레킹 코스인 그레이트 오션 워크Great Ocean Walk의 일부 코스를 걷는 것으로 만족해야 했다(여기까지 읽었으면 내 날씨 징크스에 대해서는 이미 알 것이다). 저 멀리 능선으로 캥거루 무리를 발견했을 때는 감탄하며 즐거워했지만 종착점인 그레이트 오션 워크 전망대에 도착할 때까지 잠시도 비가 그치지 않았고, 자욱한 안개에 그 유명한 12사도상Twelve Apostles의 모습 역시 신기루처럼 아련하게만 보였다. 아무리 스스로를 설득해 봐도 그날은 운이 없는 날이었다.

해안가의 산길을 두어 시간쯤 걸어 그레이트 오션 워크 전망대에 도착했다. 바닥의 표지판을 보니 여기가 분명한데, 명성과는 달리 전망대엔 사람 한 명 보이지 않았다. 눈앞에 쭉 뻗은 해안 풍경 역시 회색 하늘과 안개 탓에 전망은 고사하고 수평선조차 가물가물했다. 기념사진 찍는 것도 잊고 이제 다시 올 일 없을 거라 툴툴대며 전망대를 내려오는 길에 이제 막 전망대에 도착한 노부부와 마주쳤다. 계단을 올라오고 있는 그들은 꽤나 오래 걸었는지 쓰고 있는 모자가 흠뻑 젖어 있었고 입고 있는 빨간색과 녹색 등산 점퍼에도 빗방울이 잔뜩 맺혀 있었다. 며칠 새 제법 다양한 표정을 갖게 된 나는 입을 삐죽이고 양 어깨를 들어 올리며 날씨가 이 모양이라 아쉽다고 말했다. 내 딴엔 위로의 표현이었지만 지팡이를 짚은 신사는 뜻밖의 대답을 했다.

"나는 오늘 날씨를 기다렸다네. 만약 날씨가 어제처럼 뜨거웠으면 아내

와 함께 여기까지 올 수 없었을지도 몰라. 그녀는 나처럼 체력이 좋지
못하거든."

해맑은 그의 표정에선 진심으로 자신들을 행운아라 믿는 것이 느껴졌
다. 순간 스친 그 미소가 마음에 오래 남아서, 나는 전망대에서 내려온
뒤로도 그 순간을 몇 번이고 곱씹었다.

세계에서 가장 행복한 도시 멜버른에서 나는 어쩌면 행복이라는 것이 누구에게나 공평하게 주어지지 않을 수도 있겠다는 생각을 했다. 그도 그럴 것이 낮에는 페더레이션 광장Federation Square에서, 밤에는 퀸 빅토리아 나이트 마켓Queen Victoria Night Market에서 만난 멜버니안들은 마치 거저 행복을 얻은 것처럼 풍요로워 보였기 때문이다. 혹 그것이 고갈되더라도 화창한 날씨와 풍부한 먹거리, 멋진 자연들이 둘러싸인 도시를 조금만 다니면 금방 채울 수 있겠다는 생각이 들기도 했다. 나무 가득 달린 포도송이 따는 것처럼 쉽게. 서울에 있는 가족과 친구들이 떠올라 내심 샘이 났다.

하지만 멜버른에서 머물며 자연스럽게 멜버니안들에게 배운 것이 있었다. 시내에서 운행하는 무료 트램을 타고 도시 곳곳을 이동하며 나는 떠나고자 할 때 반드시 돈이 필요하지 않다는 것을, 광장이나 크고 작은 골목 아무 데나 앉아서 식사를 하고 일행과 함께 시간을 보내는 사람들을 보며 꼭 약속 장소를 카페로 정할 필요가 없다는 것을 알게 됐다. 폐점 시간 후에도 좀처럼 식지 않는 퀸 빅토리아 나이트 마켓에선 낯선 이들과 늦은 밤까지 함께 어깨를 들썩이며 하루와 하루의 경계에 대해 새롭게 생각했다. 뜨거운 오후에 뜨거운 롱 블랙 커피가 큰 회복이 된다는 것을 알게 된 것도 괜찮은 소득이다. 멜버른에서의 발견들은 하나같이 내가 가지고 있던 생각들을 비틀거나 깨 놓았다. 여행 후반의 어느 날 거울 속의 나는 부러움의 대상이던 멜버니안들만큼은 아니지만 서울에서보다 훨씬 행복한 표정을 짓고 있었다.

여느 날과 같이 야라Yarra 강변에서 야경을 즐기던 나는 디그레이브 스트리트에서 만난 그녀가 남긴 마지막 말을 며칠째 곱씹는 중이었다. 그녀는 네 개의 계절을 누릴 수 있는 하루가 행복의 원천이라는 자신의 대답에 두 가지 의미가 있다고 했다. 천혜의 날씨에 대한 이야기이기도 하면서, 동시에 인생을 풍요롭게 하는 경험과 기회를 뜻한다고 했다. 그것들이 자신을 살아 있게 한다고 했다.

그리고 그녀는 행복의 비결로 하나를 덧붙였다. 다름 아닌 자신이 행복하다는 확신이었다. 그녀는 내 질문에 답하며 자신이 행복한 사람이라는 것을 다시 한번 상기하게 됐다고 했다. 나는 고개를 끄덕였지만 사실 그 의미를 온전히 이해하지 못했다. '행복해서 웃는 게 아니라, 웃으니까 행복하다'와 비슷한 말이었을까?

하지만 낯선 도시들에서 행복을 묻던 나는 그녀의 말에 작지만 중요한 힌트가 숨어 있다는 확신이 들었다. 더불어 답을 완성하기 위해서 조금 더 많은 힌트가 필요하다는 것도. 지난 여행보다 더 길고 광활한 여정이 되겠지만 지레 겁먹거나 두려워하지 않기로 했다. 그동안 마주친 수많은 사람들을 통해 세상 어느 대륙과 바다보다 넓은 존재를 모두가 품고 있다는 것을 확인했으니까.

수첩을 꺼내 마침 생각난 단어를 맨 뒷장에 적었다. 언젠가 내 여행 이야기의 제목이 되기를 기대하면서.

제목: 생애일주(生涯一周)

어쩌면 더 이상 떠날 필요가 없을지도

이야기를
맺으며

종착(終着)은 없어, 잠시 기착(寄着)할 뿐이지

토요일 아침 여덟 시, 평소보다 늦게 일어나 발코니 문을 여니 배는 이미 항구에 도착해 있었습니다. 파도가 잔잔한 걸 보아 이미 오래전에 닻을 내렸을 것입니다. 이탈리아 치비타베키아Civitavecchia 항구, 이번 항해의 종착지입니다. 간밤에 꾸려 놓은 트렁크를 객실 문 앞에 기대어 두고 아침을 먹었습니다. 배 가장 위에 있는 뷔페에서 과일과 빵을 챙겨 갑판 위 선베드에 누워 있으니 아쉬움이 더 짙어집니다.

오전 열 시, 일주일간 나만의 공간이 되어 준 발코니와 정든 객실에 작별 인사를 하고 배에서 내렸습니다. 가는 길에 어색한 슈트 차림으로 옷매무새를 가다듬던 선내 엘리베이터의 거울, 매일 새로운 무대가 되었던 5층 중앙 홀과 단골 티타임 장소였던 카페 앞을 차례로 지났습니다. 마침내 배 입구를 나서니 마치 일주일 만에 육지에 발 디딘 사람처럼 중심을 잃고 기우뚱하더군요. 아마도 항해의 후유증이었겠죠.

치비타베키아 역을 출발해 로마 테르미니Roma Termini 역으로 가는 기차에서 저는 모처럼 깊은 잠에 빠졌습니다. 어젯밤 항해의 끝을 기념하며 처음으로 취할 때까지 진탕 마셨거든요. 시간이 얼마나 지났을까, 눈을 뜨니 빗방울 맺힌 창밖으로 한적한 이탈리아 시골 마을 풍경이 펼쳐지는데, 꼭 지난 일주일간의 항해가 꿈처럼 느껴졌습니다. 배 위에서 바라본 화려한 여명, 꿈꾸듯 걸었던 카르타헤나 항의 풍경, 광장에서 보았던 춤과 저절로 따라 웃었던 아이들의 해맑은 미소 그리고 화려한 선상 파티까지 모두 밤샘 비행 중의 단꿈이 아니었을까, 하고요. 오른쪽 좌석 위에 올려 둔 검은색 수첩이 아니었다면 저는 아마 한참을 더 현실과 비현실 사이의 섬에 갇혀 있었을지도 모르겠습니다.

여행 내내 재킷 주머니 속, 작은 가방 안에 품고 다닌 수첩의 고무 밴드는 힘 없이 늘어지고 귀퉁이는 누렇게 벗겨져 있었습니다. 그 안에 적힌 것들은 항해의 기록이고 여행의 기적, 생의 조각들입니다. 그들이 지난 여정이 거짓이 아니라는 것을 확인시켜 줬습니다. 무심히 이전 것들을 들쳐 보다 한 페이지에서 멋쩍은 웃음이 새어 나왔습니다. 승선 첫날 적은 메모에 이렇게 적혀 있었거든요.

이 항해가 끝날 때쯤 분명 오늘보다 더 좋은 사람이 되어 있을 거라 믿어.

하루에 한 도시, 자고 일어나면 새로운 세상이 펼쳐진 일주일간의 항해는 한곳에 오래 머물며 지지부진한 사랑을 즐기는 제게는 숨이 벅찰 정도로 빨랐습니다. 미처 사랑에 빠지기 전에 돌아와야 했고, 되새김질이 끝나기도 전에 다음 장소로 떠밀려 나갔으니까요. 하지만 그렇게 한 걸음씩 나아가는 동안 저는 조금씩이지만 분명히 달라졌습니다. 우연히 시작된 첫 여행, 매서운 겨울 도시 모스크바에서 지난 사랑의 추억들을 징검다리 삼아 조금씩 앞으로 나아갈 수 있었다고 고백했던 것처럼요. 언젠가 갑판 위에서 수평선을 바라보며 이 항해가 생의 축소판 같다는 생각을 했던 것도, 그동안 모은 것들을 추려 이야기를 시작해 보자고 다짐했던 것도 같은 이유였던 것 같습니다.

제가 가장 좋아하는 공간이었던 작은 발코니에서 이 년간의 여행을 털어놓으며 그린 지도는 땅의 크기, 위치 모두 실제와는 동떨어져 있었습니다. 산과 바다, 섬을 제멋대로 쓱쓱 그려 놓은 것이 어찌 보면 어린아이 장난 같기도 했습니다만 한 걸음씩 밝혀 나간 지난 여정, 그리고 깃든 이야기들을 덧칠하고 나니 몰라보게 근사해지더군요. 어떤 도시는 멋진 해변과 초원이 있는 신대륙이었고, 또 다른 도시는 가만히 서 있기도 쉽지 않은 세찬 파도였습니다. 닻을 내리지 못하고 스쳐 지나가야 했던 작고 황량한 섬도 있었습니다. 모두가 그동안 제가 발견한 생의 일부입니다.

우리는 지도를 보는 것에 익숙합니다. 목적지의 정확한 위치와 그곳까지의 최단 경로를 찾기 위해 하루에도 몇 번씩 스마트폰 지도 앱을 확인하죠. 목적은 하나, 빨리 도달하는 것뿐입니다. 그런 시선으로 본다면 이 년간의 제 여정은 누군가에겐 손해와 실패의 연속일 수도 있겠습니다. 뚜렷한 목적지도 없이, 어디쯤에 떠 있는지도 모르고 파도에 휘청이며 대륙과 섬 사이를 헤맨 허송세월이라고요.

하지만 낯선 도시를 여행하며 저는 제가 품고 있던 거대한 세상의 요소들을 발견했습니다. 섬에서 대륙, 산맥과 바다로 하나씩 밝혀 나갔습니다. 지름길만 찾아다녔다면 몰랐을 호젓한 산책로 풍경, 성취만을 구했다면 지나쳤을 허름하지만 품격 있는 울림을 얻었습니다. 자신 있게 말하건대 틀리거나 무의미한 길은 없었습니다. 조금 돌아가고 잠시 가로막혔을 뿐이죠. 사는 것도 다르지 않다고 믿습니다. 지도 속 화살표, 남들의 손가락이 일러 주는 지름길에서 벗어나면 깜짝 놀랄 것들을 발견할 수 있을 것입니다.

우리의 생을 품기에 이 세상은 너무 좁습니다. 하지만 그것이 여행을 떠나 보아야 하는 이유이기도 합니다. 손에 쥔 스마트폰 화면 바깥에, 사람들의 욜로(YOLO)라는 말 너머에 각자가 품은 세상이 있으니까요. 그 안에 있는 대륙과 해협, 초원과 사막을 발견하며 나만의 세계 지도를 그려 보는 것, 그것이 제가 여행하는 이유입니다.

오전 열한 시 삼십 분, 기차가 요란한 소리를 내며 로마 테르미니 역에 도착했습니다. 저마다 다른 감정들이 어린 사람들의 표정과 알 수 없는 글자들로 붐비는 플랫폼을 따라 걷는 길, 이 년 전 모스크바 여행부터 함께 해 온 영등포 지하상가 출신 이십팔 인치 트렁크가 달그락거리는 소음이 이 순간만큼은 묘하게 의지가 됩니다.

항해는 모두 끝났습니다. 이야기는 이제 수첩 속, 카메라 안에만 남아 있습니다. 하지만 저는 로마에서 이제 막 새로운 하루 그리고 여행을 시작하고 있습니다. 어쩌면 우리의 여행에 종착지라는 건 애초에 없었는지도 모르겠습니다. 잠시 머무는 기착지만이 있을 뿐이죠.

이곳은 또 다른 낯선 도시입니다.
다시 가슴이 뛰기 시작합니다.
저는 여전히 여행 중입니다.

참고

영화
- 〈카후를 기다리며〉, 감독 나카이 야스토모, 2009
- 〈우동〉, 감독 모토히로 카츠유키, 2006

도서
- 《인생이 쓸 때, 모스크바》, 김성주, 예담, 2016
- 《속임수의 심리학》, 파멜라 마이어 지음, 허수진 옮김, 초록물고기, 2011

어쩍면
___할 지도

초판 1쇄 발행 2018년 12월 10일

지은이 김성주
펴낸이 이광재

책임편집 김미라　　**편집** 김찬양
디자인 이창주　　　**마케팅** 허남, 최예름

펴낸곳 카멜북스　**출판등록** 제311-2012-000068호
주소 경기도 고양시 덕양구 통일로 140 (동산동, 삼송테크노밸리) B동 442호
전화 02-3144-7113　**팩스** 02-6442-8610　**이메일** camelbook@naver.com
홈페이지 www.camelbooks.co.kr　**페이스북** www.facebook.com/camelbooks
인스타그램 www.instagram.com/camelbook

ISBN　978-89-98599-49-2 (03810)